Barbara Wagner / Ulrich Rach

Spurlos

Ein Ansbach-Roman

Die Autoren:
Barbara Wagner, Jahrgang 1974, promovierte Frauenärztin, Medizinjournalistin

Ulrich Rach, Jahrgang 1947, Journalist und Schriftsteller, Autor zahlreicher Bücher unterschiedlichen Genres. Träger des „Frankenwürfels“, des Publizistikpreises der bayerischen Bezirke und des „Ehrenpreises Fränkische Mundartmeisterschaft“.

Titelbild:
Thomas Scheidl, Mitarbeiter mehrerer Zeitungen, zahlreiche Buchveröffentlichungen

Verlag Delp GmbH & Co.KG, Bad Windsheim

Die Deutsche Bibliothek verzeichnet diese Publikation in der Deutschen Nationalbibliografie: Detaillierte bibliografische Daten sind im Internet über http://dnb.ddb.de abrufbar.

Illustration: Thomas Scheidl, Ansbach

2. Auflage 2018

Gesamtherstellung und Gestaltung:
Delp Druck & Medien GmbH

Printed in Germany

ISBN 978-3-7689-0290-8

Kapitel 1

Donnerstag, 16. Dezember. *„Des blöde Knie".* Marion schnaufte ärgerlich. *„Ich kann net amal mehr auf dem Heimtrainer fahr'n".* Umständlich stieg sie aus dem Sattel des Ergometers und fasste sich an das linke Knie. Ein schmerzhafter Schritt Richtung Sofa, ein zweiter. Marion ließ sich frustriert fallen. *„Ich müsserd endlich zum Orthopäden. Aber net amal dazu hab' ich Zeit. Die Arbeit im Büro frisst mich auf."*

„Ach ja, des Rentendasein hat da scho a weng was für sich. Die Königs von gegenüber zum Beispiel. Die sind beide scho dahamm und lassen es sich gut geh'n". Marion blickte aus dem Fenster des Raums, der in ihrem Ansbacher Reihenhaus „Zimmer für alles" war, der nämlich als Gäste-, aber auch als Fitness- und Bügelzimmer genutzt wurde. Acht Uhr abends und draußen war es stockfinster. Durch die kühle Dezemberluft wehten feine Schneeflocken. Das Arbeitszimmer im Haus gegenüber war hell erleuchtet. In der Mitte des Raums standen Birgit und Holger König. Ganz offensichtlich war ein angeregtes Gespräch im Gange.

„Schee, dass sich die zwaa nach vielen Ehejahren noch so gut versteh'n". Marion lächelte. Ihre Gedanken schweiften ab. Auch sie freute sich jeden Abend,

wenn sich der Schlüssel im Schloss drehte und ihr Michi von der Arbeit aus der Redaktion in Nürnberg nach Hause kam. Viel Zeit für Zweisamkeit blieb zwar nie. Aber die zwei, drei Stunden am Abend waren neben dem gemeinsamen Frühstück inklusive Zeitungslektüre mit das Beste am ganzen Tag. Abends einfach gemütlich auf dem Sofa zu sitzen, ein Gläschen fränkischen Rotwein in der Hand, eine nette, angeregte Unterhaltung über Gott und die Welt oder über die neuesten Nachrichten des Tages, die Michi teilweise mit aus der Redaktion heimbrachte, manchmal auch ein Krimi im Fernsehen oder eine Sportübertragung: So lässt sich das Leben genießen.

Heute ließ Michi auf sich warten. Ein Redakteur in einer Tageszeitungs-Redaktion hat eben keine festen Dienstschluss-Zeiten, weil auch abends immer etwas Wichtiges geschehen kann und aufgearbeitet werden muss. Marion war das seit vielen, vielen Jahren gewöhnt. Während sie so sinnierte, hatte sie mehr oder weniger unbeabsichtigt die ganze Zeit das Fenster der Königs im Auge behalten.

Plötzlich stutzte sie. Gegenüber schien sich ein Streit zu entwickeln. Auch ohne etwas zu hören, war die

Körpersprache des Ehepaars von vis-a-vis nicht schwer zu verstehen. Holger gestikulierte wild. Birgit redete energisch auf ihren Mann ein. Dieser begann nun aufgeregt im Zimmer hin und her zu laufen. Immer wieder verschwand er aus Marions Blickfeld und tauchte dann wieder auf. *„Eigentlich sollt' ich gar net hinschaun"*. Schuldbewusst taxierte sie den Boden. *„Aber schließlich kann ich nix dafür, wenn die zwaa sich direkt am Fenster streiten"*.

Marions Blick wanderte wieder nach gegenüber. *„Allmächd, des wird ja richtig ernst"*. Wieder standen sich Birgit und Holger gegenüber und redeten aufgeregt aufeinander ein. Nein, sie redeten nicht, sie schrien sich an. Keiner hörte dem anderen mehr zu. Zwei Hauswände und ein Garten lagen zwischen Marion und den Königs. Und trotzdem konnte sie das Geschrei dumpf in ihrem Gästezimmer hören, leider aber nicht jedes Wort verstehen. Zu gerne hätte sie gewusst, worum es bei der heftigen Auseinandersetzung ging. Ein bisschen Neugierde ist ja schließlich erlaubt, gerade auch bei einer Journalistenfrau. Oder?

Marions Rücken straffte sich. Drüben war Bewegung ins offenbar sehr ernsthafte Spiel gekommen.

Holger machte einen entschlossenen Schritt auf seine Frau zu, packte sie an den Armen und schüttelte sie. Birgit wehrte sich, versuchte sich aus Holgers Griff zu befreien. Arme und Hände flogen durcheinander. Mit einem Ruck konnte sich Birgit schließlich losreißen. Ihre rechte Hand knallte auf Holgers Wange. Fast im selben Moment hatte dieser die Arme seiner Frau wieder fest gepackt. Er sah sie drohend an. *„Ach Goddala naa, was passiert'n edz?"*

Marion wandte den Blick ab. Körperliche Gewalt war ihr zuwider. So etwas wollte sie gar nicht mit ansehen. Ein paar Sekunden lang betrachtete sie ihr Bügelbrett, bis ihr Blick wie von selbst wieder nach drüben wanderte. Holger hatte seine Frau erneut ganz nah zu sich herangezogen, ihre Oberarme hatte er fest im Griff. Seine Blicke waren wütend. Es fiel kein Wort mehr zwischen den beiden. Zwei, drei Sekunden verharrte das Ehepaar regungslos.

Plötzlich stieß Holger seine Frau mit Wucht von sich weg. Sein ganzer Zorn schien sich in dieser Aktion zu entladen. Birgit fiel wie ein Stein nach hinten um. Für einen Sekundenbruchteil war sie noch durch das Fenster zu sehen. Dann war sie verschwunden. Holger beugte sich nach unten. Er war nun ebenfalls für Marion nicht mehr wahrzunehmen. Sie rührte sich nicht. *„Himmel, was war denn des?“* Ihre Gedanken rasten. *„Des kann doch net wahr sein. Was hat'n der mit ihr gemacht? Hey, steht auf. Ich will wissen, ob alles in Ordnung is. Wo sind'n die bloß?“*

Ganz langsam und vorsichtig erhob sich Marion vom Sofa und ging einen Schritt auf das Fenster zu. *„Vielleicht kann ich von hier aus ja mehr erkennen?“* Nichts. Niemand war zu sehen, keine Bewegung war zu erahnen. Marions Gedanken überschlugen sich: *„Was is da passiert? Worüber hatten die beiden sich g'stritten? Bestimmt net über des Mittagessen. Was hatte ihn derartig in Zorn gebracht, dass er sie so hart ang'fasst hat?“* Marion bemerkte, dass ihr Puls mehr und mehr in die Höhe schnellte. Sie hatte vor Aufregung kaum geatmet und holte erst einmal tief Luft. Ihre Augen brannten.

Draußen war alles still. Der Schnee rieselte noch genauso wie vorher. Keine Bewegung im Haus gegenüber, kein Flattern der Gardinen. Fast idyllisch ruhig erschien das Nachbarhaus an diesem Winterabend. Marion rieb sich die Schläfen. Sie war total irritiert, schaute noch einmal nach draußen. Nichts! Stille Nacht, heilige Nacht ging ihr durch den Kopf. *„Dreh' ich edz durch? Wieso stille Nacht, heilige Nacht?"* Marion setzte sich völlig aufgewühlt auf das Sofa. Hatte dort drüben wirklich gerade ein Drama stattgefunden oder hatte sie in das Gesehene etwas hineininterpretiert, was völlig überzogen war?

Was sie im Moment sah, das war ein Winteridyll in fünf benachbarten Reihenhausgärten und ein hell erleuchtetes Zimmer im Haus der Königs. Sie strengte sich noch einmal an, um hinter dem Fenster etwas zu erkennen. Da! Eine Bewegung! In diesem Moment krachte mit einem lauten Schlag der Rollladen hinunter. Marion fuhr zusammen. Sie spürte wieder heftig ihren Herzschlag. Ihr Körper fühlte sich kalt und heiß, heiß und kalt, alles gleichzeitig an. Die Nackenhaare stellten sich zu Berge. Schweiß trat auf die Stirn. Die Hände waren plötzlich eiskalt. Das Haus gegenüber fügte sich finster in diese spätabendliche, düstere Winterstunde ein. Marion setzte sich zitternd zurück auf das Sofa.

Sie wusste nicht mehr, wie lange sie dort am Fenster gesessen und gewartet hatte. Auf was eigentlich?

Dass etwas geschehen müsste im Haus der Königs? *„Wenn es der Birgit gut ginge, dann müsserd doch irgendwann Licht angehen"*, kombinierte Marion. *„In der Küche. Im Wohnzimmer. Oder sonst irgendwo im Haus. Warum isses nur so verdammt dunkel da drüben? Und wenn es Birgit eben net gut geht? Was wär', wenn sie mit dem Kopf an eine Kante gestoßen und bewusstlos geworden, oder edz gar tot wär? Nein, nein, des darf einfach net sein. Net hier in Ansbach. Net hier im Rügländer Viertel. Und scho gar net im Haus gegenüber, im Haus von Menschen, die man seit vielen Jahren kennt und mag."*

Inzwischen hatte das Schneetreiben etwas nachgelassen. Da hörte Marion unten in ihrem Haus Schritte. Sie erschrak heftig. Noch das Geschehen von gegenüber unverarbeitet im Gehirn, wurde es ihr unheimlich. *„Verdammt, vielleicht hat der Holger gemerkt, dass ich seine Gewalttat beobachtet habe und edz..."* Die Schritte bahnten sich langsam den Weg durch den Flur. Dann waren sie – wie absichtlich leise – auf der Treppe zu vernehmen. Marion erstarrte.

„Marion? Wo bist'n du?" Michis Stimme drang von der Treppe her zu ihr in das Bügelzimmer. Augenblick-

lich löste sich Marions Spannung. *„Michi, bin ich froh, dass du da bist!"* Schlagartig war alle Kälte aus ihrem Körper gewichen. Mit einem Seufzer der Erleichterung sprang sie vom Sofa auf und vergaß dabei sogar völlig ihr schmerzendes Knie. An der Tür zum Gästezimmer fiel sie ihrem Mann in die Arme. *„Allmächd, so viel Leidenschaft bin ich ja gar net g'wöhnt"*, sagte er lachend. *„Da bin ich fei gscheid g'schmeichelt von so einem Empfang. Hast was vor mit mir?"*

Das Lachen und der Anflug erotischer Gedanken vergingen Michi jedoch jäh, als er Marions Schluchzen hörte. *„Die Birgit. Mit der is was passiert. Sie is bestimmt arch verletzt oder gar tot. Er hat ihr was angetan. Und ich hab' alles g'sehn. Was soll ich ner mach'n? Bitte sag's mir!" „Marion, ich versteh' ka Wort. Was is'n los?"* Immer wenn Marion und Michi alleine waren und sich unterhielten, wandelt sich ihr ansonsten eher leichter fränkischer Zungenschlag in ein deutlicher ausgeprägtes Alltagsfränkisch.

„Edz amal schee langsam. Edzerla kommst mit mir nunder ins Wohnzimmer. Dort hoggmer uns erscht amal hie und dann erzählst mer in aller Ruh', was dich so aufg'rechd hat." Widerstandslos ließ sich Marion

nach unten begleiten. Auf dem Sofa liegend, den Kopf in Michis Schoß berichtete sie, was sie gesehen und gefühlt hatte.

Michi holte tief Luft. *„Allmächd. Des klingt ja arch dramadisch. Ich kammer scho vorstell'n, dass dich a solche Szene gscheid aus der Fassung brengt. Aber ehrlich: Geht da net die Fantasie a weng mit dir durch? Schau, du kannst doch durchs Fenster gar net des ganze Zimmer überblick'n. Und die Äst vom Kerschbaam hänga aa in dei'm Blickfeld. Amend is die Birgit aufg'standn, ohne dass du's g'merkt hast. Du weißt doch gar net, was werkli los war."*

„Aber er war so arch wütend und er hat sie so arch g'stoßn – da muss was passiert saa. Und ich hab' ewich g'sessn und g'wart. Es is im ganz'n Haus nix mehr passiert. Es war einfach nur ...totenstill! Michael, mir müss'n doch ercherdwas tun!" Immer wenn Marion Bedeutungsvolles sagte oder wenn sie sehr ärgerlich war, verzichtete sie darauf, ihren Mann mit dem Kosenamen anzusprechen und nannte ihn ernst „Michael". *„Ich glaab, ich weiß scho, was mir tun".* Michi streichelte seiner Marion liebevoll die blonden seidig-lockigen Haare, die er schon so sehr mochte,

als er seine Frau als ganz junges Mädchen kennen- und lieben gelernt hatte.

„Weißt was? Edz schaumer a weng Fernsehn, dann nimmst du a Baldriantablett'n und mir geh'n schlaf'n. Du hast doch g'sagt, morgen kommen deine Nachbarinnen zu uns zum Kaffeeklatsch. Werst scho seh'n, dass die Birgit frisch, frech und munter, wie immer, dabei is. Und dann werst du die ganze G'schicht ganz schnell widder vergess'n." Michis sanfte verbale Psychotherapie tat tatsächlich ihre Wirkung. Marion wurde nach und nach ruhiger. Gegen 11 Uhr schluckte sie eine Baldriantablette, spülte mit einem Schluck Wasser nach und schlief kurz darauf tief und fest.

Kapitel 2

Freitag, 17. Dezember. Marion blinzelte. Die roten Leuchtziffern des Weckers zeigten 3.20 Uhr an. Sofort machte sie die Augen wieder zu. *„Nein, ich will edz net aufwachen. Ich bin müde. Ich will schlafen. Aber ich muss auf's Klo. Wenn ich net geh', kann ich nimmer einschlafen. Ein Glas Wasser und schon treibt's mich mitten in der Nacht raus. Des mit dem Baldrian hab' ich mir auch anders vorg'stellt".*

Seufzend rollte sich Marion auf die Seite, schwang die Beine über die Bettkante und stand auf. Der erste Schritt ließ sie vor Schmerz zusammenzucken. *„Das vermaledeite Knie! Ich hab's scho wieder vergessen".* Marion lauschte. Michi murmelte leise im Schlaf. Wenigstens war er bisher nicht aufgewacht. Marion schlich vorsichtig ins Bad und ließ sich auf die Toilette sinken. Nach kurzer Zeit schreckte sie hoch. Fast wäre sie – hier sitzend – eingeschlafen. Sie fühlte sich schlichtweg schrecklich müde. *„Irgendwie dusselig macht des Baldrianzeug halt doch",* sinnierte sie.

Warum war sie eigentlich so hochgeschreckt? Irgendwas hatte sie aus dem Halbschlaf gerissen. Marion überlegte. In diesem Moment hörte sie das Geräusch erneut, das sie vorhin eher im Unterbewusstsein vernommen hatte. Ein Geräusch, das sich anhörte wie ein kurzes stakkatohaftes Scharren und dann immer wieder hinterher ein „Plopp". Marion erstarrte. In diesem Augenblick wurde ihr bewusst, wie dunkel es im Bad war. Sie hatte kein Licht gemacht, weil sie den Weg ins Badezimmer nachts trotz der Dunkelheit stets blind fand. Und je weniger hell es ist, desto besser kann sie normalerweise wieder einschlafen.

Jetzt aber empfand sie die Dunkelheit nur unheimlich. Ihr Körper fühlte sich an, wie zäher Kautschuk, als sie sich langsam von der Toilette erhob und sich anzog. Fast unterbewusst-mechanisch wusch Marion sich die Hände und verließ das Badezimmer. *„Geh' einfach ins Bett und schlaf'!"*, sagte sie sich befehlend. Ihre Schritte jedoch steuerten wie von selbst das Gästezimmer an und dort das Fenster.

Im Garten gegenüber sah sie im Dunkel der Nacht eine Bewegung. Sie fröstelte. Gänsehaut lief ihr über den Rücken. Immer noch rieselte der Schnee. Marion strengte sich an, etwas Konkretes zu erkennen. Zunächst war dies eine graue, nicht zu identifizierende Gestalt. Holger? Wahrscheinlich. Wer sonst? Das, was wie ein Scharren klang, das waren Spatenstiche, die diese Person in der kalten, zumindest an der Oberfläche gefrorenen und von Schnee bedeckten Wintererde ausführte. Und mit dem „Plopp" fiel das ausgehobene Erdreich, die nasse, schwere Erde an anderer Stelle wieder zu Boden.

Der Mann war augenscheinlich gerade dabei, im sanft abfallenden, weitgehend unbepflanzten Beet am hinteren Ende des Reihenhausgartens, nahe am Maschendrahtzaun, eine Grube zuzuschütten, die sich als schwarze Fläche düster aus der verschneiten Umgebung abhob. Marions Augen hatten sich inzwischen an das Dunkel gewöhnt. Und nun war sie sich sicher: Das war in der Tat der Holger, der nur fünf, sechs Meter von ihrem Standort entfernt zugange war. Zehn, elf, zwölf Schaufeln Erde, wuchtig und kraftvoll geschwungen und auf die immer weiter zuwachsende Grube geworfen. Dann war nichts mehr von einer Vertiefung im Erdreich zu erkennen. Holger trat zum Schluss großflächig das Erdreich fest und inspizierte dann augenscheinlich noch einmal sein Werk genau.

Marion war es mittlerweile übel geworden. Der grausame Verdacht ließ ihren Körper vom Kopf bis an die Zehenspitzen erschauern: *„Edz hat er sie im Garten vergraben und schleicht – immer noch mit dem Spaten in der Hand – um's Grab rum. Des is doch völlig absurd! Ich steht' hier und schau' mei'm Nachbarn zu, wie er sei Frau eibuddelt. Ich muss doch was unternehmen. Die Polizei hol'n? Und wenn ich doch net recht hab'? Wenn alles total harmlos is und ich mich lächerlich mach'? Aber warum, verdammt, gräbt ein Mensch mitten in der Nacht in sei'm Gart'n? Ich glaub', ich muss trotz allem zuerst amal mit dem Michi reden."*

Marion schaute noch einmal aus dem Fenster. Holger war nicht mehr zu sehen. Das Schneetreiben war inzwischen stärker geworden. Von der zugeschaufelten Grube war nichts mehr zu erkennen. Der frisch gefallene Schnee hatte sich wie eine weiße Decke auf sie gebreitet. Marion wandte ihren Blick vom Fenster ab. Sie konnte und wollte diesem Treiben nicht mehr zusehen. Zitternd und mit eiskalten Füßen schlich sie zurück in das Schlafzimmer und schlüpfte unter die kuschelige Bettdecke. Sollte sie den Michi vielleicht doch gleich wecken? Nein, der schlief tief und fest. *„Soll er doch weiterschlafen, er hat sei Nachtruh' verdient. Und wenn werkli a Leich im Gart'n vo die Kö-*

nigs vergrabm ist, dann liegt die morgen früh aa noch dort."

Wenn es hell wird, wollte sie alles mit dem Michi besprechen. Und dann riefe sie auch die Polizei. Immer noch leicht zitternd rutschte Marion vorsichtig an Michis Seite heran, darauf bedacht, ihren Mann ja nicht zu wecken. Schließlich schmiegte sie sich sanft an seinen Rücken und kam so tatsächlich ein bisschen zur Ruhe.

Kapitel 3

Der Wecker hörte sich an diesem Morgen besonders aufdringlich an: *„Piep, Piep, Piep".* *„O naa, scho dreiviertel sechs. Ich hab' ka Auch mehr zug'macht und fühl' mich wie g'rädert. Ich will einfach nur schlafen und die ganze dumme G'schicht vergessen."* Marion drehte sich auf den Rücken, und versuchte zu entspannen: *„Die Arme werden schwer und sinken in die Matratze ein, der Oberkörper wird schwer, der untere Rücken wird schwer, die Oberschenkel..."*

„Guten Morgen, Schatzi", sagte von rechts – mit einem Gähnen untermalt –Michi. *„Na, hat der Baldrian gewirkt?" „Ka bissla".* Marion konnte ihre Tränen nun nicht mehr zurückhalten. *„Ich bin seit 3 Uhr wach"*, presste sie schluchzend hervor. *„Michi, da is werkli was passiert. Ich hab' g'sehn, wie der Holger eine Grube im Garten zug'schaufelt hat. Mitten in der Nacht. Weißt Du was des heißt? Des kann nur bedeuten, dass er dort die Birgit begraben hat. Achgodderla, ich liech seit Stund'n wach und werr fast wahnsinnich".*

Michi nahm seine Frau in den Arm. *„Edz grein halt net. Kann's vielleicht sein, dass du nur getraamt hast?" „Du wasst genau, dass ich nie traam. Hältst* *du mich für gaga? Ich kann doch zwischen Traam und Werklichkeit unterscheid'n!"* Wütend rückte Marion von Michi weg. Auch das noch: ein Streit am frühen Morgen. Marion fühlte sich nicht ernst genommen. Und das konnte sie grundsätzlich nicht leiden. Das machte sie stets schrecklich wütend. Wie eben an diesem Morgen auch.

Michi blieb, wie meistens, ruhig. *„Schau, die ganz G'schicht hat dich halt gestern gscheid mitgenommen. Dann bist du, nachdem du deine Baldriantablette g'nommen hast, tiefer als sonst eigschlafen und hast ausnahmsweis amal was geträumt. Und fei ehrlich: Als ich um fünf Uhr aufg'wacht und aufs Klo ganga bin, hast du g'schnarcht wie a Nasenbär. Ich wollt' dich scho zur Seit'n dreh'n, hab's mir aber dann doch verkniff'n. Sonst wärst wahrscheins gleich an die Deckn ganga".*

„Fängst edz scho wieder damit an?" Marions Hand entzog sich der von Michi. *„Wie oft hatten wir des Thema scho? Ich hab' net geschlafen, also hab' ich aa net g'schnarcht. Ich weiß ja wohl selbst am besten, dass ich hellwach war. Schließlich hab' ich jede Värtlstund' auf'n Wecker g'schaut."*

Sie drehte sich um und steckte das Gesicht in das Kissen. Sie wollte nichts mehr sehen und hören. *„Mach' dich net närrisch!"* Dumpf drang Michis Stimme durch das Kissen an ihr Ohr. *„Wart' doch ab bis heut' am Nachmittag. Werst's seh'n. Dann löst sich bei euerm Damenkränzla alles in Wohlg'fallen auf."* Es kam keine Antwort. Also stand Michi auf und ging nach unten, um – wie jeden Morgen – das Frühstück zu kreieren.

Marion hörte im Schlafzimmer im ersten Stock das Geschirr leise klappern. Der Kühlschrank piepste aus Protest, weil Michi ihn zu lange offen ließ, als er Milch, Butter, Käse und Wurst herausholte. *„Und wenn der Michi doch recht hat?"*, überlegte Marion. *„Vielleicht steiger' ich mich da tatsächlich in was nei. Wie wahrscheinlich is es denn, dass in unserer Straß', in unserm hübschen, heimeligen Städtla sowas wirklich Schlimm's passiert? Meistens ist doch alles harmloser, als mer denkt. Puh, ich les' echt zu viele Krimis. Wahrscheins mach' ich mich sogar lächerlich, wenn ich edz zur Polizei geh'. Also Marion, ruhig bleiben! Abwarten und Tee, nein, Kaffee trinken. Und dann schau'n, was weiter passiert. Bestimmt kann mir die Birgit scho heut' nachmittag erzählen, was los war."*

Marion stand langsam auf, wusch sich die Müdigkeit mit kaltem Wasser aus dem Gesicht und stieg die Treppe hinunter ins Wohnzimmer, wo Michi schon wartete und es köstlich nach starkem, heißen Kaffee roch.

Kapitel 4

„Wollen Sie den Computer ausschalten?" „Ja", klickte Marion. Der Bildschirm wurde schwarz. Sie klappte den Ordner mit den Rechnungen zu und stellte ihn in das Regal. Der nächste Stapel Rechnungen würde bis zum Montag warten müssen. Eigentlich konnte sie es sich gar nicht erlauben, um halb drei Uhr nach Hause zu fahren. Sie könnte mühelos bis Mitternacht weiterarbeiten. Aber schließlich war heute Freitag und für vier Uhr auch noch das Damenkränzchen mit den Nachbarinnen angesetzt.

Warum hatte sie sich nur bereiterklärt, den Kaffeeklatsch auszurichten? *„Bin ich wahnsinnig? Es is doch jed's Mal des Gleiche. Ich komm' viel zu spät heim und schaff' es grad' noch so, den Tisch zu decken. Gestern am Abend hab' ich net amal mehr einen Kuchen gebacken. Edz kann ich auch noch ins Brücken Center rennen und irgendwelches Gebäck kaufen. Wie peinlich! Na ja, die Mädels kennen mich ja und werden es mir bestimmt net übel nehmen."*

Gedankenversunken steuerte Marion ihren Golf auf die Bundesstraße 13. Wenigstens hier, zwischen ihrer Arbeitsstätte im Vorort Brodswinden und der Stadt konnte sie sich zurücklehnen und ein wenig entspannen. Heute früh hatte es wieder kräftig geschneit und der Feuchtlachwald sah märchenhaft aus. Die Straße war zwar zum Glück freigeräumt, aber es lagen an einzelnen Stellen immer noch Schnee- und Eisreste auf der Fahrbahn. Marion nahm den Fuß vom Gas. Im gleichen Moment sah sie im Rückspiegel eine vielfach aufblendende Lichthupe. Dann überholte ein dicker Audi ihren kleinen Pkw und kam auf der tückischen Straße gerade noch vor einem entgegenkommenden Fahrzeug wieder nach rechts, indem er Marions Wagen gefährlich schnitt.

„So ein Blödmann. Ein halber Selbstmörder. Und mich und den Entgegenkommenden gefährdet der Depp aa noch“. Marion hatte solche lebensgefährlichen Szenen bei ihren täglichen Fahrten auf dem Weg zum Arbeitsplatz und wieder nach Hause auf diesem schnurgeraden Abschnitt der B 13 schon öfters erlebt. *„Ich könnt' edz hin sein“*, dachte sie. *„Diese idiotischen Raser! Denen sollte man den Führerschein für immer wegnehmen!“* Es stiegen Zorn und Angst in ihr hoch.

Bei dieser Gefühlsaufwallung kam ihr wieder der gestrige Abend ins Gedächtnis. Und merkwürdiger Weise wirkte dies bei ihr sogar irgendwie beruhigend.

Bei Tageslicht betrachtet, sah die Geschichte aus ihrer Perspektive nun doch nicht mehr so ganz dramatisch aus. Wer weiß, was sie sich da in dieser winterlich-düsteren Abendstimmung zusammengereimt hatte. *„Wahrscheins hat der Michi doch recht. Ich bin gestresst und steigere mich in irgendwas nei. Die Birgit im Garten begraben! Ich glaub' wirklich mei Phantasie geht mit mir durch. Langsam fang' ich an zu spinnen."*

So, der Tisch war gedeckt. Sah doch gar nicht so schlecht aus. Und der Kuchen machte durchaus einen selbstgebackenen Eindruck. *„Edz können's kommen"*. Marion war inzwischen richtig guter Laune. Ja, sie mochte diese Kaffeekränzchen sehr und freute sich nun richtig darauf. Summend lief sie zurück in die Küche und bereitete den Kaffee vor. Dampfend ergoss sich das kochendheiße Wasser über das braune Pulver. Marion bevorzugte den „Kaffee von Hand gefiltert". Sie war sich da mit ihrem Michi einig: Der echte Filterkaffee schmeckt um Klassen besser, als der aus der Kaffeemaschine und erst recht als der, der mit Hilfe von Plastik-Pads bereitet wird.

Und so beobachtete Marion nun geradezu wohlwollend, wie die Flüssigkeit langsam versickerte. Als die zuerst schäumende und dann leicht schimmernd glänzende Oberfläche verschwunden war, machte sie sich an den zweiten Aufguss. Dieses Mal war sie etwas zu schwungvoll. Das heiße Wasser stieg über den Rand des Filters und tropfte auf die linke Hand. *„Autsch! So ein Mist!"* Marion machte regelrecht einen Hüpfer zum Waschbecken und ließ kaltes Wasser über ihre Hand laufen. In diesem Moment klingelte es.

Eine ganze Traube Nachbarinnen stand scherzend und kichernd vor der Tür: Christa, Elli, Heidi, Renate und Josi. Marion bat sie mit ebenfalls fröhlichen Worten hinein: *„Na, ihr seid ja scho gut drauf!'"* Die Damen versammelten sich um den runden Tisch. Und dann tauschten sie, wenn man es positiv ausdrücken mag, die neuesten Informationen aus Familie und Nachbarschaft aus, anders gesagt: Sie gaben sich dem Klatsch und Tratsch hin. Über Renates schwangerer Tochter und deren Problem, Speis und Trank bei sich zu halten, den Hautausschlag an den Händen bei Marions Enkeltochter Annika und den Husten von Ellis Ehemann Walter kam die Damenrunde auf das Thema Homöopathie zu sprechen.

„Was hält eigentlich deine Tochter Kathi von der Homöopathie?", fragte Elli. *„Die ist doch Frauenärztin"*.

„O je. Kathi und die Homöopathie. Des passt net zusammen. Sie ist da sehr kritisch. Dafür steht sie arch auf Pflanzenheilkunde“. Großes Hallo unter den Damen: Fast jede berichtete nun von homöopathischen Erfolgen, geradezu medizinischen Wundern bei den unterschiedlichsten Wehwehchen. *„Die Birgit geht doch auch zu einer Heilpraktikerin“.* Christas Stimme klang ein wenig verlegen. *„Frau Zimmermann heißt die, glaube ich. Und sie praktiziert draußen in Eyb. Die hat sie mir mal empfohlen. Die macht sogar psychologische Beratungen.“ „Wozu braucht'n die Birgit eine Psychologin?“* Renate lachte.

„Sagt mal, wie spät isses eigentlich?“ Marion hatte die Zeit völlig vergessen. Als sie jetzt Birgits Namen hörte, wurde ihr auf einen Schlag übel. Sie schob den Teller mit dem restlichen Käsekuchen, den sie im Prinzip heiß liebte, von sich weg. Heidi blickte auf die Uhr: *„Kurz vor fünf. Warum fragst du?“ „Ich versteh' net, dass die Birgit noch net da ist. Sie is zwar nie superpünktlich, aber fast eine ganze Stunde zu spät? Des passt net zu ihr“.*

Marions Magen rumorte. Wieder sah sie das Bild vor sich, als Holger mitten in der Nacht eine Grube zuschaufelte. Ihr Gesicht hatte die Farbe des Käsekuchens angenommen. *„Ach komm, Marion“*. Renate legte ihr beruhigend die Hand auf den Arm. *„Wahrscheins is ihr ja was dazwischengekommen und sie hat vergessen, abzusagen. Edz mach' dir mal keine Gedanken. Sie is bestimmt net im schwarzen Loch verschwunden“*. Wieder kicherten die Nachbarinnen.

Das nächste Gesprächsthema war gefunden. Elli berichtete, dass voriges Jahr ihr schönstes Sommerkleid einfach verschwunden und nie mehr aufgetaucht ist. Und die Josi steigerte die Dramatik von den unerklärlichen schwarzen Löchern noch mit der Schilderung einer für immer verschollenen Lesebrille und eines Nudelholzes, welches das gleiche Schicksal erlitt. *„Irgendwie is sowas ganz schee geheimnisvoll“*, meinte Heidi.

Marion bekam eine Gänsehaut. *„Ich machmer scho Sorgen.“* Leise, aber bestimmt unterbrach sie das Gespräch. *„Hat denn keine von euch gestern Abend mitgekriegt, wie sich die Birgit und der Holger g'stritten haben? Renate und Heidi, ihr wohnt doch direkt daneben. Des war doch net zu überhören!“ „Ehrlich? Ein so schlimmer Streit? Keine Ahnung. Wann soll des gewesen sein?“ „Na, so kurz nach acht vielleicht“*.

Marions Stimme klang enttäuscht. Hatte denn wirklich keiner außer ihr die Szene bemerkt? *„Kurz nach acht? Da is doch gestern endlich wieder mal ein Rosamunde-Pilcher-Film im Fernseh'n g'laufn. Der war ja so schee. Also um die Uhrzeit hab' ich nur Augen und Ohren für den Fernseher g'habt"*, schwärmte Renate. *„Und du Christa? Hast du nix g'hört?"* Marion ahnte die Antwort schon. *„Rosamunde Pilcher"*, antwortete Christa schmunzelnd. *„Und ich gestehe"*, lachte Elli, *„auch bei mir war gestern Rosamund-Pilcher-Abend"*.

Jetzt waren die Damen nicht mehr zu halten. Das Liebesleid und die Liebesfreud der gestrigen Fernseh-Helden wurden ausführlich diskutiert. Und von der Schönheit der Pilcher-Landschaft kamen die Nachbarinnen direkt zu ihren schönsten Urlaubserlebnissen der vergangenen 20 Jahre. Marion hörte gedankenverloren zu, warf ab und zu ein Wort ein und war fast ein wenig dankbar, als um sieben Uhr die Haustür hinter ihren Freundinnen zufiel.

Kapitel 5

Samstag, 18. Dezember. Weißes Licht fiel durch die Ritzen des Rollladens. Marion fuhr im Bett hoch. War denn das möglich? Hatte sie tatsächlich bis in den Morgen hinein geschlafen? Sie war ansonsten in vielen ihrer Nächte von unterschiedlich ausgeprägten Schlafstörungen geplagt. Deshalb war sie es gewohnt, vor dem Morgengrauen aufzuwachen. Meistens schlichen sich schon die ersten Gedanken in ihr Hirn, wenn sie nach dem Erwachen in der Nacht noch schlaftrunken war. Dunkel und noch weit entfernt sah sie dann vor dem inneren Auge verschwommene Gesichter und unklare Szenen. Bald schon wurden die Bilder schärfer. Jetzt drängte sich alles in den Kopf, was unerledigt war oder ihr Sorgen bereitete.

Ihre Firma, ANTrieb, Motorentechnik Ansbach, GmbH & Co. KG, zum Beispiel, fast so etwas wie ihre zweite Heimat. Seit Jahrzehnten tat sie hier treu ihre Dienste und war durch Engagement, Fleiß, ihre gute Auffassungsgabe, durch Organisationstalent und absolute Zuverlässigkeit in der Hierarchie des Unternehmens weit nach oben gestiegen – bis zur Leiterin der Verwaltung. Eine starke Frau. Manchmal allerdings wurde ihr die Verantwortung auch zur schweren Last: Gab es doch auch öfters ärgerliche Konflikte mit arroganten

Kunden und pingeligen Behörden, sie musste hin und wieder Streit mit Kolleginnen und Kollegen austragen oder schlichten. Und dann war sie ja auch noch für die Finanzen zuständig, was sich nicht immer als unproblematisch erwies.

Hatte sie die Gedanken an die Firma beiseitegeschoben, fiel ihr ihre betagte, hochdemente Mutter ein, gebürtige Oberfränkin, die aber jahrzehntelang im Raum Darmstadt wohnte, und die von einem Tag auf den anderen nach Ansbach geholt werden musste. Selbst ein betreutes Wohnen in den eigenen vier Wänden war nämlich unverantwortlich geworden. Die 89-Jährige hatte, eher schlecht als recht umsorgt durch sogenannte Altenpflegerinnen aus Osteuropa, innerhalb weniger Wochen völlig den Halt verloren und massive geistige und körperliche Ausfallerscheinungen gezeigt. Marion ärgerte sich immer noch über die privaten Pflegerinnen, die im Prinzip nur Hauswirtschaftlerinnen waren, möglichst schnell, möglichst viel Geld verdienen wollten, sich aber beim Umgang mit den Folgen der Demenz als völlig überfordert erwiesen.

Gottlob war die Mutter schon vorsorglich in einem Ansbacher Altenheim angemeldet gewesen. So fand sich relativ schnell ein Platz dort und es ging der Greisin rasch wieder besser. Aber: Die alte Dame hatte zu ihrer neuen Heimat keinerlei Bezug. Sie war früher immer nur kurz zu Besuch hier gewesen. Wie ein entwurzelter Baum kam sie hier an. Und das empfand sie wohl auch sehr stark selbst so. Aber es gab keine Betreuungs-Alternative. Und seither fühlte sich Marion verpflichtet, ihre Mutter jeden Tag, am Wochenende oft auch zweimal täglich, im Altenheim zu besuchen.

Und dann war da noch Marions jüngere Schwester Sonja: in einem Dorf in der Kurpfalz lebend, geschieden, im Beruf gescheitert, psychisch auffällig. Sie hatte sich in den zurückliegenden Jahren mit allen, die ihr nahestanden, aggressiv angelegt und sich auf diese Weise völlig isoliert. Mit Marion und der betagten Mutter pflegte Sonja allerdings noch hin und wieder telefonischen Kontakt. Aber fast jedes Gespräch endete wieder mit Aggressionen Sonjas.

Trotz alledem fühlte sich Marion immer noch mit ihrer Schwester geschwisterlich verbunden. Vor allem hatte Marion Mitleid. Sie wusste, dass Sonja letztlich seelisch krank und verlassen war, sie fühlte sich aber unfähig, ihr zu helfen. Weil Sonja sich selbst nicht für krank und jedes Hilfsangebot für Bevormundung hielt. Das alles jedenfalls setzte Marion sehr zu. Spätestens an diesem Punkt fand sie nach dem Aufwachen, wann immer dies in der Nacht geschah, meist keine Ruhe mehr. Die Gedanken drehten sich im Kreis. Alles Unrecht und Unglück der Welt kam ihr in den Sinn. An Schlaf war nicht mehr zu denken.

Aber in der vergangenen Nacht: Nichts! Keine seelischen Schmerzen ob der Gedanken an die Schwester und die Befindlichkeit der Mutter, keine Sorgenqual zum Thema Arbeit, keine tiefschürfenden Erkenntnisse, kein Weltenschmerz. Gar nichts.

Sie schielte zum Wecker. *„Halb neun. Allmächd. Warum hast du mich net geweckt?"* Von rechts kam keine Antwort. Michis Bett war leer. Wahrscheinlich war er schon beim Morgen-Jogging. Oder auf dem Weg zum Markt, um seine geliebten Bio-Äpfel zu ergattern. Oder beim Bäcker und beim Metzger. *„Das Einkaufen, verbunden mit einem ausgiebigen Samstagmorgen-Tratsch, ist doch sowieso eines seiner größten Vergnügen. Und er trifft aber auch immer hundert Bekannte."* Marion schmunzelte in sich hinein.

Dann lehnte sie sich noch einmal im Bett zurück. Wirklich total erstaunlich, dass sie so ruhig und gut geschlafen hatte. Und das trotz der seltsamen Geschichte, die ihr keine Ruhe ließ. Sie dachte an gestern Abend zurück. Nach dem Frauentreffen hatte sie noch ein wenig aufgeräumt und war dann früh zu Bett gegangen. Sie war noch eine Weile wachgelegen und hatte grübelnd über die Ereignisse der beiden vergangenen Tage nachgedacht.

Plötzlich fiel ihr ein, was ihr eine so wunderbare Nachtruhe gegeben hatte. Kurz vor dem Einschlafen hatte sie nämlich beschlossen, der Sache mit Birgits Verschwinden selbst auf den Grund zu gehen. Die Polizei würde sie jedenfalls wahrscheinlich für verrückt halten, wenn sie mit dieser Geschichte ankäme. Und selbst der Michi machte sich mehr Gedanken um ihre psychische Gesundheit als um Birgits Leben. Also musste sie selbst herausfinden, was passiert war. Sie wollte die Sache in die Hand nehmen. Und damit würde sie heute schon anfangen.

Rasch stand Marion auf, immer darauf bedacht, ihr schmerzendes Knie zu entlasten. Sie zog sich eine dicke Fellweste über und schlüpfte in zwei warme

Wollsocken. Unten im Haus war alles ruhig. Marion stieg vorsichtig die glatte Holztreppe hinunter und öffnete die Wohnzimmertür. Überrascht stellte sie fest, dass Michi gar nicht weggegangen war. Er stand – sein morgendliches Yoga-Programm absolvierend – auf dem Kopf und lächelte ihr entgegen. *„Frühstück fertig?"*, fragte Marion. *„Dein Yoga kann doch wart'n. Komm, edz ess' mer. Ich hab' heit an Hauf'n Zaich vor"*.

Kapitel 6

„Kommst du heut' Nachmittag alleine klar?" Michis Stimme klang besorgt. *„Du weißt ja, dass ich später mit dem Timo nach Närmberch zum Glubb ins Stadion fahr'. Ich habmer scho überlegt, ob ich des einfach absag'n soll, weil du so nervös bist. Ich bleibert fei gern bei dir, wenn du mich bräucherst". „Ich? Nervös? Bleedsinn!"* Marion reagierte empört. *„Ich brauch einfach amal a weng Ruh'. Ich machmers heit g'müdlich, wenn du in Närmberch bist. Und außerdem: Was däd'n dei Enkel Timo sagen, wenn ihr ausgerechnet des Schbill Glubb gechern HSV sausen lassen däded? Der wär doch dodal enttäuscht. Edz fahrt'ner, ich komm scho klar."*

Das Thema Fußball ist ohnehin so eine Sache in der Familie. Michi liebt, trotz aller Herzensleiden, die ihm dieser Verein natürlich neben mancher Freude in all den Jahren immer wieder verursacht hat, seinen Glubb. Enkel Timo ist ein Fan des Hamburger Sportvereins, also des besagten HSV. Michi sagt im Spaß immer, wenn die Rede auf diese sonderbare Situation kommt: dass sich ein fränkischer Knabe, augenscheinlich indoktriniert und von antifränkischen Kräften verführt, die Heimatliebe vergessend, ausgerechnet den Nordlichtern verschreibt, das sei fast pervers.

Und dann kommen noch die beiden Herren Schwiegersöhne ins Spiel: Harald, auch ein ureingeborener Franke, vergießt sein sportliches Herzblut für den – man höre und staune – altbayerischen Schicki-Micki-Club FC Bayern München. Michi, dem Glubb-Fan, treten manchmal die Tränen in die Augen, wenn er das bedenkt. Und Sascha schwärmt für die Uraltmeister aus dem Südwesten, den 1. FC Kaiserslautern. Naja, immerhin stammt der Sascha aus dieser Ecke der Republik. Und der FCK ist schließlich auch ein Verein des Herzensleids wie der Glubb.

Jedenfalls hatten Michi und Timo an diesem Samstag Marions ausdrücklichen Segen, um dem Glubb und dem HSV die Ehre zu geben. Denn es gibt in der Familienhistorie ja auch noch diese kuriose sportliche Vorgeschichte, die Marion und Michi immer wieder zum Lachen bringt: Vor einigen Monaten waren Michi, Marion und Timo gemeinsam nach Hamburg gefahren, als sich diese beiden Mannschaften in der Vorsaison schon einmal gegenüberstanden. Michi und Marion trugen stolz ihre Glubb-Schals, -Mützen und -Fahnen zum Volksparkstadion und in der Arena, während Timo von Kopf bis Fuß im HSV-Look und mit HSV-Fähnchen in der Hand zwischen den beiden herging.

Nicht gerade jeder Zweite, aber sicher fast jeder Zweite sprach heiter diese ungewöhnliche Fan-Gruppe an. Und alle lästerten im selben Tenor: Die Alten im Club-Gewand, der Junge im HSV-Dress: *„Na, da ist ja wohl bei der Erziehung was richtig schiefgelaufen. Ha, ha, ha."* Marion und Michi setzten meistens ein heftiges Hahaha dagegen und antworteten: Niemand wisse so recht, wie etwas so Unglaubliches geschehen könne. Möglicherweise handele es sich um eine genetische Fehlentwicklung beim Knaben Timo.

Marion sprach – fast naturgemäß – nun auch beim Frühstück wieder lachend diese Geschichte an. Und ein wenig schelmische Freude loderte in ihr und ihrer Kommentierung des Geschehens, weil alle zynischen Hamburger seinerzeit dachten, der Enkel Timo sei der Sohn von Michi und Marion. *„Scheinbar hammer uns gut g'haldn"*, meinte der Michi lachend und angelte sich ein Mohnbrötchen aus dem Brotkorb. Er war jedenfalls einigermaßen beruhigt, dass Marion sich offenbar wieder seelisch gefangen hatte. Was er nicht wusste, nicht einmal ahnte, war die Tatsache, dass seine Frau, ihren dampfenden Kaffee schlürfend, im Stillen einen Schlachtplan für den Nachmittag vorbereitete.

So. Endlich alleine zu Hause. Michi und Timo waren auf dem Weg zum Bahnhof. Marion tauschte die bequeme Baumwollhose gegen eine schicke Jeans. Sie schlüpfte in einen warmen Pulli und bedauerte ein wenig, dass sie darüber nicht auch noch ihre geliebte kuschelige Fellweste tragen konnte. *„A weng seriös sollt ich doch ausschau'n, wenn ich schon Privatdetektiv spiele"*, sprach sie vor sich hin, zog Mantel und Stiefel an, trat aus dem Haus und schloss die Tür hinter sich zu.

Im Haus mit der Nummer 47 war es still. Ein weißer Engel hing am Küchenfenster, der Blumenkasten davor war weihnachtlich geschmückt. Rote und goldene Trockenblumen saßen in einer Landschaft aus weichem Moos, gemeinsam mit kleinen rotnasigen Rentieren und einem pausbackigen Nikolaus. Alles war überzuckert mit einer feinen Schicht Kunstschnee. *„Für Blummaschmuck und suu a Zaich hat die Birgit halt scho immer a Talent g'habt"*, dachte Marion, als sie etwas mühsam die beiden Stufen vor der Haustür erklomm. Die Kälte machte ihrem Knie zu schaffen. Plötzlich war die Leichtigkeit der vergangenen Stunden verschwunden.

Eine Zeit lang stand sie einfach da und betrachtete die Tür. *„Was ist hier passiert? Ich weiß ganz genau,* *dass irgendwas net stimmt."* Die düsteren Ahnungen schlichen sich wieder bei ihr ein. Bleischwer hingen ihre Arme herunter. Im Prinzip müsste sie jetzt doch nur diesen Klingelknopf drücken. Aber die Finger gehorchten ihrem Befehl nicht. Die Angst war zurückgekehrt. Seit der Szene im Fenster waren ihr Holger und dieses Haus unheimlich geworden. Und jetzt stand sie hier und würde vermutlich gleich mit dem Mann sprechen, der seine Frau – ja, was hat er eigentlich mir ihr gemacht? Sie gestoßen? Geschlagen? Getötet?

Die Minuten verrannen. Gefühlt zum hundertsten Mal legte sich Marion im Kopf die Worte zurecht, mit denen sie Holger begegnen wollte. Leise sprach sie übend den kleinen, netten Nikolaus im Blumenkasten an: *„Hallo Holger, ich wollte dich nur kurz fragen, ob Birgit unseren Kaffeeklatsch gestern..."* In diesem Moment öffnete sich die Haustür. Holger stand vor ihr, grau im Gesicht und mit tiefen Augenringen. Marion erschrak bei diesem Anblick, machte einen kleinen Satz nach hinten, strauchelte rutschte eine Stufe nach unten. *„Aua, das Knie. Allmächd, war des schmerzhaft!"*

„Was machst du denn hier?" Holgers Stimme klang anders als sonst: Leise, tonlos, bedrohlich. Marion hat-

te ihren schönen Plan plötzlich völlig vergessen. *„Ich? Ich..., ich bin gerade spazieren gegangen. Da hab' ich euren schönen Blumenkasten g'sehn. Und also..., ich wolle fragen, ob die Birgit net auch für uns so einen hübschen Weihnachts-Kasten machen könnte." „Du liebe Zeit, was red' ich'n da?"* Marion fasste sich an den Kopf. Langsame kamen die klaren Gedanken wieder.

„Wir hatten doch gestern Kaffeeklatsch. Ich hatte fest mit der Birgit gerechnet. Aber sie war net da und hat auch net abg'sagt. Geht's ihr denn gut?" Marions Stimme klang fast schrill. Ihr Mund zitterte leicht vor Aufregung. Eine unangenehme Stille trat zwischen die beiden. Irrte sie sich oder war Holger noch ein bisschen blasser geworden? Marion wagte kaum, den Nachbarn anzusehen. *„Birgit? Na klar, der geht's gut".* Zögerlich kamen seine Worte über die Lippen. Vor seinem Gesicht bildeten sich kleine Wolken aus Atemluft in der Kälte des Nachmittags.

Langsam bekam Holger sich und seine Situation in den Griff. Er sah Marion an und versuchte so etwas wie ein Lächeln. Seine anfängliche abweisende Wortkargheit wich jetzt einem sogar ein wenig leutseligen, fröhlichen Tonfall. *„Die Birgit is gestern ganz früh spontan nach Düsseldorf g'fahrn. Da steigt doch jed's Jahr kurz vor Weihnachten die riesige Advents- und Weihnachtsmesse. Du weißt ja, dass die Birgit ein Faible dafür hat, auch für Kitsch & Co. Die Düsseldorfer Schau is so was wie des Mekka aller leidenschaftlichen Weihnachtsschmuck-Fans. Und die Birgit wollte schon lange mal dort hin. Edz is sie halt g'fahrn."*

Holgers Gesicht hatte jetzt wieder etwas Farbe angenommen. *„Und da entschließt sie sich einfach so kurz vor Weihnachten zu der Reise? Und sagt net amal beim Damenkränzla ab?"* Marion konnte sich diese Bemerkung nicht verkneifen. *„Tja, so sind die Frauen eben. Unberechenbar. Und wenn's drauf ankommt, lassen's uns Männer einfach sitzen. Hahaha."* Der Ton in Holgers Stimme ließ Marion schaudern. Was wie ein Scherz ankommen sollte, klang bitterernst. Marion lächelte gequält. Hatte sie da gerade einen wunden Punkt getroffen? Mit Sicherheit!

Sie sammelte kurz ihre Gedanken. *„So, edz net einfach wieder weggehen. Wo ich doch schon mal hier bin, zieh' ich alles durch"*. Sie holte tief Luft. Und ein wenig bange wurde es ihr schon, als sie zu Holger sagte: *„Du bist dafür der leidenschaftliche Gärtner in eurer Familie. Vorgestern war ich um drei Uhr morgens mal wach. Da hab' ich dich draußen im Garten buddeln seh'n. Machst amend mitten in der Nacht euren Garten winterfest?"*

Holger hob ruckartig den Kopf und sah Marion durchdringend an. In Marions Ohren meldete sich, wie manchmal in Stresssituationen, ein summender Dauerton. O nein, den hatte sie schon lange nicht mehr gehört. Und sie hätte auch jetzt gerne darauf verzichtet. Immerhin verriet er ihr, wie extrem die Anspannung gerade war. Holgers Augen verfinsterten sich. *„Die Katze"*, brachte er leise hervor. *„Sie ist in dieser Nacht gestorben. Sie war scho längere Zeit krank. Ich hab' sie gleich begraben, weil für die Nacht und den Morgen stärkerer Schneefall angekündigt worden war."* Holger trat einen Schritt zurück. *„Is alles net so einfach zurzeit"*, murmelte er und machte Anstalten, die Tür zu schließen.

Marion wusste, dass sie hier nicht weiterkam. Besser, sie ging jetzt nach Hause. *„Des tutmer leid für dich. Ich hoff', es kommen bald bessere Zeiten. Ade!"* Grußlos ließ Holger die Tür ins Schloss fallen.

Marion stand noch einen Moment auf dem Treppenabsatz und bemerkte erleichtert, wie der Summton in ihren Ohren leiser wurde. *„Mach's gut, Nikolaus"*, flüsterte sie noch kurz in Richtung Blumenkasten und machte sich mit einem Wirrwarr an Gedanken auf den Heimweg.

Kapitel 7

„Zimmermann? Zimmermann? Allmächd, gibt es viele Zimmermanns in Ansbach. Zu blöd, dass ich den Vornamen nicht kenne“. Marion hatte auf der Suche nach Birgits Heilpraktikerin und Psychotherapeutin die *„Gelben Seiten“* vor sich liegen. *„Zimmermann? Zimmermann? Unter ‚Heilpraktiker‘ niemand zu finden, nicht in Ansbach selbst, nicht in der gesamten Umgebung. Halt! ‚Heilpraktiker und Psychotherapeuten‘. Das ist ja noch eine eigene Rubrik. Tatsächlich. Zimmermann, Gundula, Homöopathie, Lebensberatung, Ansbach-Eyb, Sonnenfeld 103. Das muss sie sein.“*

Marion notierte sich die Telefonnummer auf einen kleinen Zettel. *„Ob ich da wohl am Samstag anrufen kann? Ach, einen Versuch ist's wert.“* Sie wählte die Nummer. Es tutete. Marion kritzelte Gesichter auf den Notizzettel: *„Punkt, Punkt, Komma, Strich, rundherum ein Angesicht und dann noch zwei Ohren, ist der Mensch geboren. Spinn' ich edz total?“* Bei jedem Tuten wurde sie nervöser. Statt der Gesichter malte sie inzwischen Halbmonde. *„Der Mond ist aufgegangen, die gold'nen Sternlein.... Krieg dich wieder ein, Marion“* Es klickte. *„Zimmermann“*, sagte eine sympathische Frauenstimme. *„Grüß Gott, Frau Zimmermann. Marion Schneider hier. Ich hätte gerne ge-*

wusst, ob ich zeitnah einen Termin bei Ihnen bekommen kann."

„Aber natürlich. Worum geht es denn?" „Ich habe, äääh m, Schlafprobleme und hoffe, sie können mir helfen." Die freundliche Stimme bot einen Termin am Dienstagabend an. *„In der Weihnachtswoche sind bei mir noch einige Termine frei. Da haben die Leute nämlich andere Dinge zu tun, als sich um die Gesundheit von Leib und Seele zu kümmern." „Die meisten"*, meinte die Therapeutin lachend, *„interessieren sich viel mehr für die Frage, wie viel Völlerei sie ihrem Leib und ihrer Seele angedeihen lassen und wie sie das vorbereiten können. Und diese Frage lösen sie meistens ganz alleine beim üppigen Einkaufen im Supermarkt."*

Marion lachte zustimmend, notierte sich Tag und Uhrzeit und bedankte sich bei ihrer Gesprächspartnerin. *„Freut mich sehr"*, sagte sie. Und dieser Dank kam aus ganzem Herzen. Dann legte sie zufrieden den Hörer auf. So, genug der Recherchearbeit für heute. *„In einer Stunde werden Anja, Harald und Annika hier sein. Edz aber flott Vesper vorbereiten"*. Der Samstagabend war oft für ein gemeinsames Abendessen mit der Familie von Marions älterer Tochter Anja reserviert. *„Michi und Timo werden ja auch bald vom Fußballspiel aus Nürnberg nach Hause kommen. Hoffentlich hat der Glubb g'wonnen"*, dachte sie noch beim Gemüseputzen. *„Aber in dem Fall wäre ja der arme Timo traurig"*. Sie verdrängte dann allerdings die Frage rasch, ob sie lieber dem Ehemann oder dem Enkel heute die Siegesfreude gönnen sollte. Der Blick aus dem Küchenfenster blieb nämlich am Haus der Königs hängen und die Gedanken waren umgehend wieder bei der Birgit, viel mehr noch bei der netten Frau Zimmermann: *„O je. Wie soll ich es am nächsten Dienstag nur diplomatisch anstellen, damit ich der Frau Informationen über Birgits Seelenleben entlocke?"*

Kapitel 8

Sonntag, 19. Dezember. Michi joggte und Marion – ihrem angeschlagenen Knie Tribut zollend – ging beim sportlichen Sonntagmorgen-Vergnügen im Thiergarten-Wald flott spazieren. Michis Schritte entfernten sich, wurden leiser und leiser. An der Ecke zum Märchenweg im Thiergarten-Wald machte er einen eleganten Schlenker und kehrte um. Er kam näher, umrundete Marion einmal, lief zwei, drei Schritte in ihrem Tempo, um dann wieder einige Meter voraus zu laufen. Marion stapfte hinterher, so gut ihr Knie das zuließ. Wie gerne würde sie wieder einmal vernünftig joggen. Und dann so einen richtigen flotten Zwischenspurt einlegen, wie sie das so liebt...

Aber wenigstens ein Gutes hatte die ganze Sache. Sie konnte in aller Ruhe und bei klarem Kopf noch einmal über diese seltsame Geschichte nachdenken. Zweifellos war am Donnerstagabend irgendetwas Schlimmes im Haus der Königs passiert. Der Gedanke an Birgits Sturz ließ sie immer wieder frösteln. Sie konnte sich einfach nicht vorstellen, was unmittelbar danach passiert war. Hatte Holger weiter auf sie eingeschlagen?

Im Prinzip hatte sie ja zwischendurch schon einmal den Gedanken an ein Verbrechen fast wieder verworfen. Vor allem, nachdem der Michi so vehement auf sie eingeredet hatte. Aber dann diese Szene im Garten mitten in der Nacht! Birgits unentschuldigtes Fernbleiben vom Kaffeeklatsch. Und Holgers mehr als seltsames Auftreten gestern Nachmittag. Hier stimmte etwas nicht. Das war völlig klar. Und nach alledem, was sie gesehen und erlebt hatte, musste sie vom Schlimmsten ausgehen.

Und selbst, wenn alle sie für verrückt hielten – sie würde herausfinden, was passiert war und vor allem aus welchem Grund. Ganz sicher wusste sie allerdings noch nicht, wie sie weiter vorgehen sollte. Am Dienstag hatte sie den Termin bei der Psychotante. Vielleicht konnte sie dieser Frau ja etwas Brauchbares entlocken. Und wenn nicht? Wie konnte sie weiter unauffällig nach Spuren suchen? Sie merkte, dass sie hier im Moment nicht weiterkam. *„Ich glaube, ich lasse es erst einmal gut sein. Heute Nachmittag lese ich etwas Schönes. Später rufe ich dann die Kathi an. Töchter sind doch gottlob oft sehr wertvolle Gesprächspartnerinnen. Vielleicht wird mich das ein bisschen ablenken“*. Abwechselnd gehend und trabend setzte sie ihren Weg durch den verschneiten Thiergarten-Wald fort.

„Wie konnte ich nur so viele Plätzchen essen?" Marion ärgerte sich. Seit ihre beiden Töchter aus dem Haus waren, hatte sie in der Adventszeit praktisch nichts mehr gebacken. Und trotzdem standen wieder einmal überall im Haus hübsche kleine Tütchen mit kunterbuntem Weihnachtsgebäck herum. Christa hatte welche zur Damenrunde mitgebracht. Weitere hatte Michi, der auch schon das eine oder andere Buch schrieb, von weiblichen Fans verehrt bekommen, die Zuhörerinnen bei einer seiner Autoren-Lesungen waren. Jetzt hatte Marion soeben zu ihrem geliebten Sonntag-Nachmittag-Kaffee ein Plätzchen nach dem anderen probiert. Sie sahen ja alle so verlockend appetitlich aus. Komischerweise schmeckten letztlich alle irgendwie gleich: süß und sehr kalorienreich. *„Und der Michi isst kein einziges Plätzchen. Der sitzt im Dachzimmer auf seinem Ergometer, radelt wie ein Doofer und schaut sich dabei im Sky ein Bundesliga-Fußballspiel an."*

Marion ärgerte sich erneut und noch mehr als vorher, schob die Plätzchentüten zur Seite und griff zum Telefon. Die Bruchsaler Nummer kannte sie längst auswendig. Sie freute sich darauf, mit ihrer jüngeren Tochter zu sprechen und musste unbedingt fragen, ob sich die Heimwehphase von Enkelin Anna im Kindergarten gebessert hat. Und ob deren kleine Schwester Clara endlich allein aufs Klo geht. Nach dem vierten „Tuuut, Tuuut" war ein leises Knacken in der Leitung zu hören. Eine zarte Stimme war aus dem Hörer zu vernehmen: *„Wir sind leider nicht daheim. ...nach dem Piepston."* Marion musste wieder einmal schmunzeln über den kindlich missglückten Ansagetext auf dem Anrufbeantworter. Dann fragte aber plötzlich eine laute, kräftige Männerstimme: *„Marion?" „Hier ist Sascha, dein Schwiegersöhnchen. Ich hab's nicht rechtzeitig zum Telefon geschafft. Anna, Clara und ich spielen nämlich gerade mit den Barbie-Puppen."*

Marion grinste. Das sah ihrem Schwiegersohn ähnlich. Wahrscheinlich saß er mit seinen beiden Töchtern im Kinderzimmer, spielte mit den Puppen und erfand dabei wieder einmal die abenteuerlichsten Geschichten. *„Hallo Sascha"*, sagte sie. *„Alles klar bei euch? Kann ich mal mit meiner Tochter sprechen?" „Tut mir leid. Die Kathi ist gerade oben im Dachzimmer. Sie arbeitet seit Wochen an einem großen Artikel für eine medizinische Fachzeitschrift. Ich glaube, ich sollte sie lieber nicht stören. Kann ich ihr was ausrichten?"*

Marion überlegte. *„Nein, eigentlich nicht. Aber..."* Ihre Stimme stockte. Zögerlich sagte sie schließlich: *„Vielleicht kannst du mir ja weiterhelfen. Ich habe nämlich ein kleines Problem. Und da könnte ich einen Computerfachmann wie dich gut gebrauchen"*. Marions Herz klopfte. Ganz plötzlich war ihr die Idee gekommen, Sascha um Hilfe zu bitten. Aber dafür musste sie ihm die ganze Geschichte erzählen. Sie musste ihm von ihren ungeheuerlichen Vermutungen berichten und ihn in ihre Pläne einweihen. Vermutlich würde auch er sie für völlig übergeschnappt halten. Für einen kurzen Moment sah sie sich in einer kleinen Zelle des Ansbacher Bezirkskrankenhauses sitzen, in dem ihre Tochter dereinst als Medizinstudentin mehrere ihrer Famulaturen absolviert hatte, und vor sich einen Haufen weißer Pillen liegen, die ihr die Wahnideen austreiben sollten.

Sie schüttelte den Kopf bei dem Gedanken an die *„Hupfla"*, wie die psychiatrische Klinik abschätzig im Volksmund genannt wird. Vielleicht war ja Sascha genau der Richtige: *„Er hat eine blühende Fantasie und liebt aufregende Geschichten. Außerdem steht er oft an meiner Seite, wenn es familieninterne Diskussionen gibt."* Sie holte tief Luft. *„Also pass auf. Ich will* *wissen, ob du für mich etwas über eine Person herausfinden kannst..."* Marion berichtete Sascha alles, was in den vergangenen Tagen geschehen war. Sascha hörte geduldig zu. Am Ende entstand eine lange Pause. Nervös zerkrümelte Marion einen Plätzchen-Rest zwischen ihren Fingern. Endlich kam eine Reaktion.

„Wow. Was für eine abgefahrene Geschichte! Und du meinst, dass deine Nachbarin wirklich ermordet wurde?" Marion atmete auf. Sascha nahm sie tatsächlich ernst. *„Ich habe ganz ehrlich keine Ahnung. Ihr Mann hat sie auf jeden Fall höchst brutal auf den Boden geworfen. Und seitdem ist sie verschwunden. Was soll man da denken? Also ich weiß auf jeden Fall, dass da etwas ganz, ganz faul ist. Und vielleicht komme ich weiter, wenn ich mehr über Birgit rausfinde. Die schlimme Szene hatte ja mit Sicherheit eine Vorgeschichte. Es gibt doch da so Seiten im Internet, auf denen man Leute und damit auch Informationen über sie finden kann – oder?"*

„Ja klar, zum Beispiel Facebook. Das ist die bekannteste Seite. Dort kann man sein persönliches Profil erstellen, alte Freunde wiederfinden und Kontakte pflegen. Aber ganz ehrlich. Überleg' doch mal. Du selbst hast keine Ah-

nung von diesen Dingen. Es würde mich echt wundern, wenn deine Nachbarin, wie heißt sie nochmal? Birgit? Also wenn die bei Facebook angemeldet wäre".

Marion überlegte. *„Hmm. Das ist allerdings wahr. Aber vielleicht kann man ja wenigstens mal diese komische Aussage vom Holger überprüfen. Diese große Advents- und Weihnachtsmesse in Düsseldorf gibt es ja tatsächlich. Aber ganz bestimmt ist die Birgit nicht dort. Meinst du es gibt im Internet Ausstellerlisten oder Berichte über die Ausstellung oder sonst irgendwas? Vielleicht stoßen wir ja auf irgendeinen Hinweis und es gelingt, auf diese Art den Holger der Lüge zu überführen."*

Sascha stöhnte. *„Ich glaube, ich muss mich heute Abend mal ganz in Ruhe hinsetzen und sehen, was ich herausfinden kann. O. k.?" „Sascha, du bist ein Schatz. Jetzt kümmere dich aber mal wieder um deine zwei Mäuse. Die Barbie-Puppen warten! Ade dann. Und schon mal Danke!"* Marion legte den Telefonhörer zur Seite, schenkte noch einmal Kaffee nach und schnappte sich die Dezember-Ausgabe ihrer geliebten „Schrot und Korn"-Zeitschrift. Es war endlich an der Zeit, die Seele ein bisschen baumeln zu lassen.

Kapitel 9

Montag, 20. Dezember. Das war natürlich klar. Wer freitags schon um halb drei Uhr nach Hause ging, der musste montags dafür büßen. Marion schaute auf die Zeitanzeige ihres Computers. 19.30 Uhr. Draußen war es stockdunkel. Es war immer noch Arbeit da, die für Stunden gereicht hätte. *„Was soll's?"*, dachte Marion und fuhr den Computer herunter. Sie schloss den Ordnerschrank ab und setzte sich zurück an den Schreibtisch. Jetzt war eine gute Zeit, bei Kathi anzurufen. Heute früh hatte sie ihr schon kurz zum Geburtstag gratuliert. Aber die Morgenstunden waren in der jungen Familie fern in Bruchsal immer ziemlich chaotisch. Ein ruhiges Gespräch konnte man schlichtweg vergessen.

Meistens krähte die vierjährige Anna im Hintergrund, dass sie keine Lust auf's Frühstück habe und schon gar nicht auf den Kindergarten. Gleichzeitig quietschte die kleine Clara lauthals, weil sie versuchte, ihre Strumpfhose alleine anzuziehen, sich aber in den langen Beinen des Kleidungsstücks völlig verheddert hatte. Kathi und Sascha waren meist auch nicht besonders entspannt. Denn schließlich mussten sie es schaffen, Anna mit allen möglichen Tricks zum Frühstücken zu bewegen, sie anzuziehen, ihr die Zähne zu putzen und sie dann rechtzeitig vor 9 Uhr im Kindergarten abzuliefern.

Der Abend war eindeutig die bessere Zeit, um sich in Ruhe zu unterhalten. Marion nahm den Hörer zur Hand und wählte. Nach dem zweiten Klingeln nahm Kathi ab. *„Hallo Kathi, jetzt muss ich doch mal fragen, wie dein Geburtstag gelaufen ist."* Marion erfuhr, dass am Nachmittag die Wohnung brechend voll gewesen war mit jungen Müttern und Kleinkindern, dass Clara zwischendurch einen Schreianfall hatte, weil sie keinen Kaugummi essen durfte und dass Anna abends in der Badewanne 15 Sekunden lang untergetaucht war.

Da plötzlich war im Hintergrund ein lautes Weinen zu vernehmen. *„O je, ich glaube, ich muss Schluss machen"*, sagte Kathi entschuldigend. *„Die Clara ist völlig fertig, weil wir so viel Besuch hatten. Ich bringe sie gleich ins Bett." „Kein Problem"*, versicherte Marion. *„Aber, ähhhm, könnte ich vielleicht noch kurz mit dem Sascha sprechen? Ich möcht' ihn was fragen." „Ach, geht es um den ‚Mord im Rügländer Viertel'? Ja, davon habe ich schon gehört."* Kathi lachte. *„Aber sag' mal, du glaubst doch nicht wirklich, dass bei den*

Königs ein Verbrechen passiert ist? Hast du in letzter Zeit zu oft den ‚Tatort' gesehen?"

Marion merkte, wie sie rot wurde. *„Edz fang' du net auch noch an. Warum glauben eigentlich alle, dass ich spinn'? Sascha ist wirklich der einzige, der mich ernst nimmt". „Schon gut"*, sagte Kathi beschwichtigend. *„Vielleicht hast du ja recht. Und vielleicht findest du ja sogar was raus. Ich reich' dich mal an meinen Mann weiter. Gute Nacht, Miss Marple!"* Marion musste unwillkürlich grinsen. Einige Sekunden später hörte sie Saschas Stimme. *„Hallo Marion. Na, irgendwelche Neuigkeiten?" „Ach, ich sitze hier vor einem riesigen Berg Arbeit. Aber das ist ja keine Neuigkeit. Eigentlich hatte ich gehofft, dass du etwas für mich hast."*

Nervös trommelten Marions Finger auf die Schreibtischplatte. Wenn die Internetsuche im Sand verliefe, dann wusste sie auch nicht mehr, wie sie weiterkommen sollte. Sie setzte ihre Hoffnungen auf Sascha und dessen Computerkenntnisse. *„Also ein paar Dinge könnten schon interessant für dich sein, Marion. Ich habe mich mal intensiv über die große Düsseldorfer Weihnachts- und Adventsmesse schlau gemacht. Das scheint ja echt eine Riesenveranstaltung zu sein. Aber* *irgendwelche Teilnehmer- oder Ausstellerlisten habe ich nicht gefunden. Am Freitag hat die Messe angefangen und dauerte drei Tage. Das heißt also, wenn deine Nachbarin wirklich dort war, müsste sie spätestens heute zurückkommen nach Ansbach."*

Marion überlegte. *„Am liebsten tät ich später aus reiner Neugierde mal drüben klingeln. Aber diesem Geist von Holger möcht' ich net noch einmal begegnen. Schon gar net in der Dunkelheit".* Marion bemerkte plötzlich, wie schwarz die Nacht draußen vor dem Bürofenster war. Ein Schauer lief ihr über den Rücken. *„Ich habe noch eine Idee"*, fuhr Sascha fort. *„Keine Ahnung, ob das einen Sinn hat oder nicht. Da hat jemand drei Tage lang wie wild in die Menge rein fotografiert. Vielleicht kannst du dir die Fotos ja mal anschauen. Wenn du Glück hast, findest du etwas, was dich weiterbringt."*

„Keine schlechte Idee", murmelte Marion und drückte noch einmal den Startknopf des Computers, um das Gerät hochzufahren. *„Und hast du eigentlich mal auf so einer Kontaktseite nachgeschaut, Sascha?"* *„Du meinst Facebook. Nein, dafür hatte ich heute im Büro leider keine Zeit. Und als ich heimkam, war noch*

das ganze Haus voll mit gackernden Hühnern und kreischenden Küken, pardon, Kindern. Aber vielleicht finde ich ja noch in den nächsten Tagen was raus. Dann melde ich mich bei dir. So. Jetzt sage ich dir noch, wie du auf die Homepage ‚Weihnachtsmesse Düsseldorf' kommst." Marion gab die Adresse sofort in das obere Textfeld ein und drückte auf „Enter".

Kapitel 10

Schon neun Uhr. Marion war wieder daheim. Sie saß vor ihrem Computer und ließ ein Foto nach dem anderen über den Bildschirm ziehen. Wer kam eigentlich auf die Idee, so viele nichtssagende Bilder zu produzieren und sie noch zu veröffentlichen? Dieses Internet blieb ihr ein Rätsel: *„So viele unsinnige Informationen auf einem Haufen. Jeder Mensch kann hier alles reinsetzen, egal wie blödsinnig es ist. Alles ist gleichwertig, seriöse Nachrichten genauso wie polemische Meinungsmache und Null-Informationen. Wer kann sich auf diese Weise noch ein ganz normales Bild von der Welt machen?"*

Marion versucht stets, das Internet so weit wie möglich zu meiden. *„Und dann diese komischen Kontaktseiten! Warum glaubt eigentlich jeder, er müsse ständig mit hunderttausend Leuten kommunizieren, die er zu allem Überfluss dann auch noch allesamt ‚Freunde' nennt. Und je mehr ‚Freunde' man hat, desto besser fühlt man sich. Allmächd. Manchmal würde ich diesen jungen Leuten raten wollen, einfach a weng entspannter zu sein".*

Marion reicht es jedenfalls aus, beste Freunde in herkömmlicher Form zu haben. Sie liebte die endlosen Telefonate mit der Lisa in Marktredwitz. Und sie freute sich immer sehr auf die gemütlichen Abende mit den lieben Menschen – meist mit ihr und Michi befreundete Ehepaare -, die sie schon seit Jahrzehnten, teilweise schon seit ihrer Jugend kennt. Oder die Wanderungen mit den Freunden von der Journalistengruppe: *„Mit jedem und jeder von denen kann man vertrauensvoll über alles sprechen, auch mal kontrovers diskutieren, ohne sich auch nur ansatzweise nachhaltig zu streiten. Und in der Not könnte man sogar Hilfe erwarten, wie sich schon erwiesen hat. Das sind Freunde!"* Marion wurde es regelrecht wohlig warm bei diesen Gedanken.

Aber dem aufgeregten Chatten mit Gott und der Welt konnte sie nichts abgewinnen. Na gut, jetzt wollte sie trotzdem mal diese Bilder von der großen Düsseldorfer Weihnachtsmesse durchsehen. In diesem Fall könnte ihr das Internet ja durchaus nützlich sein. Marion konzentrierte sich wieder auf den Bildschirm: Menschen vor überdimensionalen Adventskränzen, vor überreich kitschig geschmückten Weihnachtsbäumen, vor Plastik-Weihnachtsgestecken, vor Christbäumen aus Eisen, vor Weihnachtsengeln, -zwergen,

-rentieren, -männern, Menschenmassen an Imbissständen. Marion stöhnte: *„Lieber Himmel. So ein Graus. Gott sei Dank muss ich edz net dord sein"*.

Zum Glück musste Michi heute auch lange arbeiten. So kurz vor Weihnachten war in seiner Zeitungsredaktion immer eine Menge los. Im Vorweihnachtswahn der hektischen Menschheit passieren eben viele Dinge, über die eine Zeitung berichten muss. *„Und der arme Michi muss länger arbeiten, weil die Vorweihnachts-Verwirrten bei ihren Aktionen keine Rücksicht nehmen auf den Feierabend von Tageszeitungs-Redakteuren: Die Taschendiebe auf dem Christkindlesmarkt, der von Glühwein Trunkene, der in die Rezat fällt, die Streithähne, die im Einkaufszentrum für Aufregung sorgen, die Räuber im Nikolaus-Kostüm. Frohe Weihnachten."* Marion musste trotzdem schmunzeln.

Aber sie konnte dank des Weihnachts-Irrsinns noch ein halbes Stündchen an ihre Recherche anhängen. Automatisch glitten ihre Augen von einer Aufnahme zur nächsten. Sie sah Messebesucher, die gerade ein Würstchen verspeisten und andere, die sich zum Ausruhen auf eine Bank gesetzt hatten. Hier wieder ein superhäßlicher Plastik-Christbaum mit Plastiksternen und Plastikkugeln in Nahaufnahme. *„Wem gefällt denn sowas Scheußliches?“*

In diesem Moment hatte Marion das Gefühl, dass irgendetwas in ihrem Gehirn „klick“ machte. Plötzlich ahnte sie, dass sie etwas gesehen und doch nicht erkannt hatte. Irgendetwas auf einem der Bilder war ihr aufgefallen. Aber was? Sie ließ die Bilder rückwärts laufen. Der scheußliche Christbaum verschwand. Sie sah wieder müde Messebesucher auf der Bank sitzen. Marion klickte weiter. Da! Hier saßen zwei Menschen, die alles andere als müde aussahen. Jetzt wurde ihr klar, was ihr Unterbewusstsein schon vor einigen Minuten bemerkt hatte. Das Pärchen auf der Bank war irgendwie auffallend.

Ein attraktiver, dunkelhaariger Mann um die fünfzig. Eine Frau mit gewellten, mittellangen braunen Haaren, deren Gesicht nicht eindeutig zu erkennen war. Sie hatte den Arm um den Mann gelegt und sich ihm zugewandt. Der Mann hatte ebenfalls seinen Blick auf die Frau gerichtet. Es war tiefe Vertrautheit zwischen den beiden zu spüren. Oder Verliebtheit? Die Augen des Mannes strahlten innige Zuneigung aus, ein leichtes Lächeln umspielte seine Lippen. Hier schien jemand richtig glücklich zu sein.

Marion betrachtete wieder die Frau. Wieder und wieder. Die Statur, die Haare, die Kleidung, alles passte zur Birgit. Aber warum sollte Birgit ausgerechnet auf der Düsseldorfer Weihnachtsmesse mit einem zwanzig Jahre jüngeren Mann turtelnd auf einer Bank sitzen? Eine Affäre? Das passte überhaupt nicht zu ihr. Und in ihrem Alter? Aber wer weiß? *„Im Prinzip ist Birgit doch kein flippiger Typ. Sie kümmert sich gerne und liebevoll um ihr Haus, um die Enkelkinder und die Katze. Und natürlich um ihren Holger. Hatte sie ihn tatsächlich betrogen und ihm das am Donnerstagabend gebeichtet?"* Marions Gedanken schossen kreuz und quer. Das hätte sie ihr niemals zugetraut. Aber wenigstens würde das die Mordtheorie widerlegen.

Andererseits: Wie viele Frauen gab es mit braunen, gelockten Haaren und durchschnittlicher Figur? Tausende, Zehntausende, Hunderttausende! *„Solange ich das Gesicht nicht sicher erkennen kann, weiß ich gar nichts über das verliebte Pärchen auf dem Bild"*, konstatierte Marion ein wenig verzweifelt. *„Vielleicht sind* *die beiden ja noch auf einem der anderen Fotos zu sehen."* Langsam klickte sich Marion durch den Rest der Bildergalerie. Nichts. Die Frau blieb ein Phantom. Und Marion hatte immer noch nicht die Spur einer Ahnung, welche Tragödie sich in der Nacht auf Freitag in ihrer unmittelbaren Nachbarschaft abgespielt hatte.

Kapitel 11

Dienstag, 21. Dezember. Marions Golf rollte auf den letzten freien Parkplatz der Reihenaussiedlung. Mit einem kleinen Ruck kam das Auto zum Stehen. Wieder einmal hatte die Stoßstange von Marions Flitzerla ein Tête-à-tête mit der niedrigen Holzbarriere, die in Stoßstangenhöhe den dahinter stehenden Gartenzaun vor genau diesen engen Begegnungen mit Autos schützen sollte. Holzlatte und Stoßstange vertragen solche zarten Karambolagen meistens unbeschadet. So wie das eben gerade auch der Fall war. *„Ups. Das kommt davon, wenn man mit den Gedanken woanders ist."*

Das Bild von dem Pärchen war Marion auf der Heimfahrt von der Arbeit nicht aus dem Kopf gegangen. Der junge Mann hatte einen so glücklichen und gelösten Gesichtsausdruck. Man könnte wirklich meinen, er sei frisch verliebt. Aber wenn die Frau auf dem Foto wirklich die Birgit war, dann war sie ganz erheblich älter als ihr Freund. Kann man da so arg verliebt sein? Für Marion war eine heiße außereheliche Affäre schwer vorstellbar. Ganz speziell auch in diesem Fall und in dieser Altersklasse von 65 plus. Zum Glück hatte Marion einen Mann, der zu ihr passte. Und das nicht nur vom Alter her. Michi war in den vielen vergangenen

Jahren mit ihr durch dick und dünn gegangen. Diese Geborgenheit, diese Sicherheit gebende Vertrautheit und diese andauernd lebendige, beständige und seriöse Liebe würde sie nie gegen irgendeinen jungen Liebhaber eintauschen wollen. Auch wenn der Ehealltag naturgemäß manchmal diese und jene Konflikte erzeugte.

Marion klappte die Autotür zu. Sie lief auf die schmale Passage zu, die zu ihrem Haus führte. Eine ihrer beiden Töchter hatte vor vielen Jahren im Kindesalter für diesen geteerten Zugang mal den schlichten, aber treffenden Namen *„Wegle"* gefunden. Und der hatte sich bis heute in der Familie gehalten. Wenn jemand vom *„Wegle"* sprach, wusste jeder sofort, welches Wegle gemeint war.

Aktuell hatte es nicht mehr geschneit. Aber eine dicke, weiße Decke lag immer noch über den Gärten und Hausdächern. Marion verspürte einen Hauch von Weihnachtsstimmung, obwohl sie im Allgemeinen Weihnachts-Gefühlen eher pragmatisch begegnete und weitgehend unter den Begriffen viel Arbeit, Stress, Einkaufs-Wahnsinn, Geschenke-Plage begrub. Sentimentalität und durch Einflüsse von außen erzeugter Seelenschmalz waren ohnehin nicht immer so ganz ihre Sache. Anders jedoch in diesem Augenblick. Nachbar Gerald spielte auf seinem steirischen Akkordeon *„Es ist ein Ros' entsprungen...".* Sanft klangen die Töne zu ihr herüber. Wie schön und friedlich doch alles sein konnte.

Marion ging die zwei Stufen zu ihrem Hauseingang hinauf, während sie in der Handtasche nach ihrem Schlüssel kramte. Vor der Tür blieb sie stehen und wandte sich um. Im Haus der Königs war lediglich das Wohnzimmer schwach beleuchtet. Marion konnte sehen, dass der Fernseh-Apparat eingeschaltet war. Vorsichtig stieg sie noch einmal die Treppen hinunter. Sie näherte sich dem Gartenzaun der Königs. Von hier aus hatte sie einen besseren Blick auf das Wohnzimmer im Haus gegenüber. Jetzt konnte sie auch erkennen, dass der Holger auf dem Sessel vor dem Fernsehgerät saß. *„Und"*, so konstatierte sie, *„er ist ohne jeden Zweifel allein daheim."*

Die Weihnachtsmesse in Düsseldorf war also zu Ende – und die Birgit war nicht nach Hause gekommen...

Kapitel 12

Die Praxis von Gundula Zimmermann, Homöopathin und Lebensberaterin, war in einem hübschen modernisierten Altbau untergebracht. Die hellen Räume strahlten warme Farben ab. An den Wänden hingen Stillleben und Landschaften, die eine beruhigende Wirkung erzeugten. Die junge Frau an der Anmeldung hatte sich geduldig Marions Adresse und einige persönliche Daten aufgeschrieben. Jetzt saß Marion in dem stilvollen Wartezimmer, in dem alle Einrichtungsgegenstände angenehm harmonierten, und merkte, wie sie langsam feuchte Hände bekam. Sie war noch nie bei einem Seelenklemptner gewesen.

Es erschien ihr äußerst unangenehm, einer völlig fremden Person ihr Innenleben darzulegen. Was wäre, wenn diese Frau Zimmermann sie von Anfang an durchschaute? Schließlich war es Marions erstes Ziel, hier Informationen über Birgit zu bekommen. Sie wollte endlich bei der Suche nach der verschwundenen Nachbarin weiterkommen. Bisher hatte sie ja immer noch nichts Greifbares oder wirklich Verwertbares herausgefunden. Sie wünschte sich so, dass sich dies bei diesem Besuch in der Homöopathie-Praxis ändere.

„Frau Schneider bitte!" Marion schreckte hoch. Etwas zu schnell griff sie nach ihrer Handtasche. Der Inhalt entleerte sich auf dem Boden des Wartezimmers. *„Allmächd. Wer hätte gedacht, dass ich so nervös bin?"*, dachte Marion, während sie Schlüsselbund, Geldbeutel, Ausweis-Mäppchen und einige alte Kassenzettel aufsammelte. Sie folgte der Helferin in ein gemütliches Sprechzimmer. Ein kleines Tannenbäumchen stand in der Ecke und vier Adventskerzen verbreiteten eine wohlige Stimmung.

Eine gut aussehende Frau stand hinter dem Schreibtisch auf und kam mit ausgestreckter Hand auf Marion zu. Die Dame war augenscheinlich Mitte dreißig, blond und sehr gepflegt. *„Guten Abend, Frau Schneider"*. Marion erkannte sofort die nette Telefonstimme wieder. Ihre Nervosität war auf einen Schlag verschwunden. Sie erwiderte den Gruß geradezu erleichtert: *„Guten Abend, Frau Zimmermann. Ich freue mich, dass sie mir so spät nach Feierabend noch diesen Termin eingeräumt haben. Und das so kurz vor Weihnachten. Vielen herzlichen Dank dafür"*.

„Das geht schon in Ordnung". Gundula Zimmermann bat Marion, Platz zu nehmen. Die Homöopathin

setzte sich auch hin. *„Tja, Frau Schneider, jetzt erzählen sie mal, warum sie heute zu mir gekommen sind."* Marion ließ sich in den bequemen Lehnstuhl vor dem Schreibtisch fallen und holte tief Luft. Das dürfte jetzt eigentlich nicht so schwierig werden, dachte sie. Denn: Erstens hatte sie sich schon mindestens ein Dutzend Mal durch den Kopf gehen lassen, was sie hier erzählen würde. Und zweitens: Ganz so ohne praktischen Wert für sie selbst sollte dieses Gespräch ja auch nicht enden. Diese Grübelei mitten in der Nacht machte ihr schon lange zu schaffen, war schon lange und oft vor dem Verschwinden von Nachbarin Birgit ein Problem für sie. Seit sie denken konnte, hatte es immer wieder Tage oder sogar Wochen gegeben, in denen sie fürchterlich niedergeschlagen oder traurig war.

Michi, Anja und Kathi drängten sie schon mehrfach, sich professionelle Hilfe zu suchen. Aber drängen ließ sich Marion nicht gerne. Sie kam schon ganz gut alleine damit zurecht. Aber jetzt saß sie hier, eigentlich aus einem ganz anderen Anlass. Aber bei der Gelegenheit konnte sie ihre Problemchen ja gleich mal vorbringen: *„Also, eine Freundin hat mich hierher empfohlen. Sie ist ganz begeistert von ihnen und ihrer Praxis".* Ein bisschen Bauchpinseln konnte nicht schaden. Vielleicht wurde die liebe Frau Zimmermann dadurch etwas gesprächiger. Die Heilpraktikerin schaute Marion erwartungsvoll an und schwieg. *„Meine Freundin heißt Birgit König. Die kennen sie ja bestimmt".*

Ein kurzes Nicken und ein freundlicher Blick von Gundula Zimmermann. Ein wenig irritiert von so wenig Reaktion fuhr Marion fort: *„Birgit war in letzter Zeit ganz schön mitgenommen. Nicht wahr? Sie war immer so froh, dass sie über alles mit ihnen reden konnte."* Sie blickte in das dezent geschminkte Gesicht der Frau, die ihr gegenüber saß. *„Na komm"*, dachte sie. *„Edz rück' scho was raus. Irgendeinen kleinen Tipp, der mir weiterhilft. Des kann doch alles net so geheimnisvoll sein"*. Die Lebensberaterin lächelte. *„Na, dann hoffe ich, dass ich ihnen auch eine solche Hilfe sein kann."*

Frustriert lehnte sich Marion zurück. Eines musste sie der Dame ja lassen: Diskret war sie. Einen Versuch wollte sie aber noch starten. Jetzt muss es eben etwas direkter sein. *„Ich habe Birgit schon seit Tagen nicht mehr gesehen. Das beunruhigt mich ein bisschen, weil wir eigentlich verabredet waren. Hat sie sich vielleicht mal bei ihnen gemeldet?"* Irrte sich Marion oder nicht? War da nicht ein kurzes Zucken über das Gesicht von Frau Zimmermann gehuscht? Schwer zu sagen. Denn in diesem Moment hatte die Frau wieder ihr betont freundliches Lächeln aufgelegt. *„Dazu kann ich nichts sagen. Für mich ist es ganz normal, dass Patienten während der Weihnachtszeit zwei, drei Wochen Therapiepause einlegen. Die meisten sehe ich erst im neuen Jahr wieder. Umso mehr freut es mich, dass sie heute gekommen sind. Jetzt erzählen sie mal. Sie sind ja schließlich nicht wegen ihrer Freundin zu mir gekommen." „Also gut"*, dachte Marion. *„Diese harte Nuss muss ich wohl knacken"*. Sie schaute aus dem Fenster über die verschneiten Dächer und begann zu erzählen.

Zwei Stunden später, es war schon fast neun Uhr, fühlte sich Marion völlig ausgelaugt. Noch nie hatte sie gegenüber einer Fremden so viel über sich preisgegeben. Ihr ganzes Leben hatte sie aufgerollt. Ihre Kindheit und Jugend in Oberfranken, ihre frühe Schwangerschaft, der stressige Schulabschluss, das Examen wenige Wochen vor der Entbindung. Einzelne knallhart bigotte Lehrer/innen und Schulverwaltungs-Beamte hatten sogar noch versucht, *„wegen der anderen Umstände"* und *„aus Sorge um den Ruf der*

Schule" Marions Teilnahme an der Abschlussprüfung zu verhindern. Gottlob vergeblich. Und dann die Hochzeit an jenem heißen Sommertag mit dem dicken Bauch und vielen lieben Gästen.

Schließlich die Entbindung, bei der man sie so schrecklich behandelt hatte, weil vor allem die Schwestern in der Klinik nur wenig Verständnis dafür aufbrachten, dass eine so junge, mädchenhafte Frau ein Kind bekam. Es folgten die Jahre mit diesem Kind im Haus der Schwiegereltern, eine teilweise schwierige Zeit des Zusammenlebens. Die junge Marion musste in der ihr lange fremd bleibenden Familie einiges ein- und oft zurückstecken.

Die Jahre, als Michi zum Wehrdienst musste, als Redakteur einer Bundeswehr-Zeitung auch an Wochenenden oft unterwegs war und nicht heimkommen konnte und Marion – weit entfernt von Michis Einsatzorten – mit Töchterlein Anja alleine zu Hause blieb. Und dass sie in dieser schweren Zeit schon intensiv berufstätig war, weil das Haushalts-Budget allein mit Michis Wehrsold nicht ausreichte. Dann die zweite Entbindung, die nicht viel besser war, als die vorherige. Die Jahre in Ansbach: Ein stetes Auf und

Ab mit vielen Freuden, aber auch manchen Sorgen, wie wahrscheinlich bei den meisten Menschen hier zu Lande.

Marion schnaufte tief durch. Nie hätte sie gedacht, dass sie zwei Stunden lang so viel über sich erzählen, sich so in manche Details hineinsteigern könnte. Frau Zimmermann hatte zwischendurch nur einige diskrete Fragen gestellt. Marion war jedenfalls total erschöpft. *„Ich glaube, das lassen wir heute mal so stehen“*. Leise klangen diese Worte von der anderen Seite des Schreibtisches her. *„Es wäre hilfreich und schön, wenn wir nächste oder übernächste Woche hier wieder anknüpfen könnten. Ihre Geister der Vergangenheit müssen mal ein bisschen zur Ruhe kommen. Da geht es Ihnen, wie Ihrer Freundin Birgit. Warten sie, ich begleite sie noch zur Tür“*.

Marion schaute auf. Was hatte Frau Zimmermann da gesagt? Sie war so mit sich selbst beschäftigt gewesen, dass sie nicht richtig zugehört hatte. Irgendwas mit Birgit und „Geistern der Vergangenheit“. Oder? Jetzt war es schon zu spät, um nachzufragen. Die Heilpraktikerin hatte bereits die Tür geöffnet und ein Abschiedslächeln in ihr Gesicht gezaubert. *„Ich freue* *mich darauf, sie wiederzusehen, Frau Schneider". „Ja, ich freue mich auch"*, antwortete Marion. Und sie meinte das ernst. Diese Frau hatte ihr eindeutig gut getan. Marion ging langsam zur Sprechstundenhilfe und ließ sich einen neuen Termin geben.

Kapitel 13

Mittwoch, 22. Dezember. Marion holte sich aus der Küche im Büro die nächste Tasse Kaffee. Das war jetzt schon die dritte. Zusammen mit vier Tassen daheim beim Frühstück machte das sieben Tassen. Und es war noch nicht einmal 11 Uhr. Na gut, die Frühstückstassen sind nun mal klein. Die konnte man gar nicht zählen. Also genau genommen, war das jetzt die fünfte Tasse. Was auch ganz schön viel war. Aber Marion war einfach so wahnsinnig müde!

In der vergangenen Nacht war sie stundenlang wach gelegen. Nachdem sie abends noch der Psychotante ihr ganzes Leben offenbart hatte, schwirrten ihr im Bett tausend Bilder durch den Kopf. Kindheit, Jugend, Erwachsenenalter, Eltern, Kinder, Enkelkinder. Alles vermischte sich zu einem einzigen Bilderbrei. Hatte Frau Zimmermann nicht irgendetwas gesagt von wegen „Vergangenheit zur Ruhe bringen?“ Also im Moment bezweifelte Marion, dass diese Therapie bei ihr irgendetwas zur Ruhe gebracht hatte. Sie fühlte sich wie gerädert.

Sie setzte sich zurück an den Schreibtisch. Hoffentlich konnte sie jetzt wenigstens in Frieden arbeiten. Ständig kam hier irgendein Kollege aus dem Betrieb mit Leidensmine in ihr Büro geschlichen, um sich über irgendeinen anderen Kollegen, einen Vorgesetzten oder gar die Chefetage zu beschweren. Ja, war sie denn der Kummerkasten in dieser Firma? Manchmal konnte sie dieses ständige Lästern und Meckern nicht mehr hören.

Auf ihrem Bildschirm flackerte ein kleines Brief-Symbol auf. *„Schon wieder eine Mail. Wer will denn dieses Mal etwas von mir?"* Der Cursor klickte auf einen kleinen Brief und ein langer Text öffnete sich. *„O, von Sascha. Na, da bin ich edz aber mal gespannt"*. Marion schloss die Tür zu ihrem Büro, nahm die heiße Kaffeetasse vorsichtig in die Hand und begann zu lesen.

„Liebe Marion, heute hatte ich endlich mal ein bisschen Zeit, um mich über Deine Freundin schlau zu machen. In der Woche vor Weihnachten haben auch wir glücklicherweise manchmal weniger Arbeit... Also hier ist das, was ich herausgefunden habe. Aber freue Dich bitte nicht zu früh. Es ist nicht wahnsinnig viel. Vielleicht kannst Du ja trotzdem etwas damit anfangen.

Was mich sehr überrascht hat: Eine Birgit König aus Ansbach ist tatsächlich bei Facebook angemeldet. Al-

lerdings bin ich da nicht allzu weit gekommen. Sie hat nämlich so gut wie alle Daten verschlüsselt. Ich kann also nicht sehen, wer ihre „Freunde" bei Facebook sind, mit wem sie kommuniziert oder was sie über sich selbst eingegeben hat. Vielleicht nutzt sie diese Kontaktseite ja auch gar nicht. Oder sie ist dort angemeldet, um mit jemanden ganz privat zu chatten. Das geht auch sehr diskret, denn den Chat kann nachher niemand mehr zurückverfolgen.

Das einzige, was ich auf Birgits Seite einsehen konnte, das war ihr Geburtsdatum: (15. 03. 1948, Du müsstest ja wissen, ob das richtig ist.) Und ich fand ihren Mädchennamen „Basedowksi". Ganz schön ungewöhnlich. Aber mit diesem Wissen konnte ich tatsächlich noch ein bisschen weiter stöbern. Wenn man nämlich den Namen „Birgit Basedowski" bei Google eingibt, erhält man tatsächlich Informationen. Einige wenige allerdings nur und ziemlich alt sind sie außerdem.

Also wenn dies wirklich Deine Birgit ist, dann hat die früher einmal in einem kleinen Ort namens Huttrop im Ruhrgebiet gewohnt. Ich habe ein paar alte Zeitungsausschnitte gefunden mit Bildern, auf denen sie drauf ist. Anscheinend war sie sehr aktiv in ihrer Pfarr-

gemeinde und in der KJG, der „Katholischen Jungen Gemeinde". Die KJG habe ich auch gegoogelt, aber ich vermute, die kennst Du ohnehin. Birgit war jahrelang so etwas wie die Jugendleiterin, also die Chefin der Gruppenleiter. Und sie hat wohl auch ein paar richtig nette Aktionen auf die Beine gestellt: Kinderfreizeiten, Zeltlager, Flohmärkte usw.

Deswegen war sie damals auch öfter einmal mit einem Bild in der Zeitung. Meistens sind die Gruppenleiter mit dem Pfarrer abgebildet. Ich habe Dir die Links der Fotos geschickt. Schau sie Dir doch einfach an. Vielleicht erkennst Du die Birgit ja. Bis 1968 habe ich ziemlich regelmäßig immer wieder irgendwelche kleinen Notizen oder auch größere Nachrichten über Birgit und ihre Jugendarbeit gefunden. Dann ist komischerweise ganz abrupt Schluss. Keine Ahnung warum. Vielleicht ist Birgit weggezogen und die Gruppe hat sich aufgelöst? Tja, das ist alles, was ich herausgefunden habe. Wie erwähnt, das ist nicht die Welt. Aber vielleicht kannst Du ja trotzdem etwas damit anfangen. Viele Grüße – und bis demnächst. Sascha."

Marion schielte durch das große Fenster, das sich in ihrem Büro nach innen im Haus Richtung Treppenhaus öffnete. Im Moment war alles ruhig. Kein Kollege war auf dem Weg zu ihrem Zimmer. Also konnte sie getrost noch etwas weiter lesen. Sie klickte auf den ersten Link. Eine Zeitungsseite aus dem Jahr 1966. Unten rechts war ein dreispaltiger Artikel mit Bild und Bildtext: *„Die Gruppenleiter der Huttroper KJG mit Jugendpfarrer Joachim Rothe?“* Oder Rother? Marion kniff die Augen zusammen. Die Bildunterschrift war schlecht zu lesen. *„Ja, doch eher Rother“*. Das Foto zeigte eine Gruppe Jugendlicher, fünf Mädchen und drei junge Burschen in typischer 60er-Jahre-Mode. *„Haarsträubend“*, dachte Marion. Zwei der Mädchen trugen dickrandige Brillen, die fast das gesamte Gesicht verdeckten. Hinter dem Grüppchen stand ein Mann in weißer Soutane mit Stola. Das muss wohl Pfarrer Rother sein. Oder wie immer der auch wirklich hieß.

Direkt vor dem Priester entdeckte Marion ein drahtiges, schlankes Mädchen mit dunklen Locken. Es lächelte fröhlich und selbstbewusst in die Kamera. Dieses Lächeln kannte Marion gut. Und auch die dunklen Locken! *„Das hat sich alles kaum verändert. Keine Frage: Hier steht meine Nachbarin Birgit und strahlt mich aus dem Jahr 1966 an“*. Marion klickte noch kurz auf andere Links. Es war jedes Mal ungefähr die gleiche Szene: Ein kurzer, belangloser Text, daneben ein Bild von Birgit und ihren Freunden, einschließlich des jungen Seelsorgers.

Der letzte Ausschnitt entstammte einem Boulevardblatt aus dem Jahr 1968. Der Artikel war überschrieben mit: *„Haarpracht entzweit eine Pfarrgemeinde"* und berichtete in der Unterzeile: *„Heftiger Streit um die Frage: Wie lang darf das Haar eines katholischen Priesters eigentlich sein?"* Neben dem Text sah man eine Aufnahme von Pfarrer Rother mit wallender Mähne und langen Koteletten. *„Schick, schick"*. Marion musste grinsen.

Ein paar Bilder aus ihrer eigenen Jugendzeit in den 1960er Jahren fielen ihr ein. *„Eine verrückte Welt, damals. Ein Aufbruch. Ein Aufruhr gegen die immer noch aktiven Geister der deutschen Nazi-Vergangenheit vor allem. Die aufmüpfige 68er Generation halt, die sich auch neue Freiheiten herausnahm, wie der junge Pfarrer Rother mit seiner verrückten Haarpracht. Aber viele, vor allem ältere Menschen kamen damals einfach nicht mit oder wollten nicht mitkommen."*

Auch bei ihren Schwiegereltern hatte Marion zu dieser Zeit bisweilen noch Thesen gehört, die bei ihr eine

Gänsehaut verursachten. Und es gab oft politischen Familienstreit. Beispielsweise wenn die Schwiegermutter ganz selbstverständlich und blauäugig naiv sagte: *„Nein, nein. Bei Hitler war nicht alles schlecht. Die Autobahnen zum Beispiel..., der Volkswagen, die Olympiade. Keine Arbeitslosigkeit mehr. Ja, alle hatten Arbeit. Der Alltagsablauf funktionierte wie am Schnürchen. Alles war bestens geregelt, alles hatte seine Ordnung. Es gab auch kaum Verbrechen. Jedenfalls nicht bei uns in der Gegend. Ja, ja, wir waren schon sehr stolz, Deutsche zu sein. Nur das mit den Juden und den Zigeunern, das hätte es nicht unbedingt gebraucht. Juden und Zigeuner sind ja schließlich auch Menschen. Aber keiner von uns hat damals gewusst, was da in den Konzentrationslagern vor sich ging. Ein paar Gerüchte gab's halt. Aber die haben wir doch alle für völlig übertrieben gehalten..."*

Marion liefen noch bei diesen Gedanken der Erinnerung kalte Schauer über den Rücken: *„Eine hoffnungslos indoktrinierte und verführte Generation, die unserer Eltern und Großeltern, trotz Krieg, Hunger und Zerstörung, die diese Menschen erlebt hatten, keine Reue, keine wirkliche Umkehr"*, dachte sie. Das Schlimmste für sie: Dass dieses politisch von oben gelenkte, brutal rücksichtslose und bedrohliche Nur-an-sich-Denken ganzer Staaten und Völker – wie damals bei den Nazis – bis heute nicht aufgehört hat, im Gegenteil immer noch zunimmt. Und dass es sogar in unserem Land mit seinen schrecklichen geschichtlichen Erfahrungen immer wieder relativ viele fanatische Verfechter findet.

Michi und sie gehörten trotz aller Sympathie für die Kritiker aus den 1960er-Jahren nicht zu den aktiven 68ern. Wie sollte das ein blutjunges Ehepaar mit kleinem Kind in der Provinz auch bewerkstelligen? Aber das geringste Verständnis für Hitler und die Nazis, und die Behauptung, von nichts was gewusst zu haben, brachte vor allem Marion in jener Zeit immer wieder in Rage. Gerade auch, wenn solche Thesen im Kreis jener Familie aufbrandeten, in die sie damals in so jungen Jahren hineingeheiratet hatte.

Michi war so etwas in seiner Familie von Kindheit an gewöhnt. Er reagierte nach vielen Diskussionen in den zurückliegenden Jahren meist nur noch mit Kopfschütteln und Hilflosigkeit. *„Solche Situationen von Verharmlosung und Unbelehrbarkeit, wie sie damals noch weit verbreitet waren, gab es sicher in Huttrop* *genauso wie in Oberfranken"*, flüsterte Marion vor sich hin.

Jedenfalls fanden sich in Sachen KJG Huttrop aus der nachfolgenden Zeit keine weiteren Zeitungsausschnitte mehr. Vermutlich hatte sich die Gruppe nach 1968 aufgelöst. Nun gut, ganz ungewöhnlich war das ja nicht. Mit 18 oder 19 da ändert sich sehr oft die Lebenssituation der jungen Leute. *„Vielleicht sind viele von ihnen damals aus Huttrop weggezogen"*, sinnierte Marion. *„Auch ein Pfarrer wird halt hin und wieder einfach mal versetzt. Wenn er eine solche Gruppe entscheidend prägt und führt, ist es möglicherweise das Aus für diesen Kreis."* Und sie druckte alle Artikel aus, um sie daheim noch einmal in Ruhe durchlesen zu können.

Wie es wohl mit Birgit damals weitergegangen war? Marion hatte mit ihrer befreundeten Nachbarin im Prinzip nie wirklich über deren Kindheit und Jugend gesprochen. Und war nun ein wenig verwundert, zumindest überrascht. So hätte sie ihre Nachbarin und deren Jugendjahre niemals eingeordnet. Marion betrachtete jedenfalls noch einmal das fröhliche Gesicht von Birgit, das diese auf fast allen Aufnahmen zeigte.

„Geister der Vergangenheit?" Oder was hatte die Psychologin gesagt? Also nach nachhaltig bösen Geistern sah diese Birgit jedenfalls nicht aus.

Das Telefon klingelte. Marion schreckte hoch. Auf dem Display leuchtete eine Handynummer auf, die Marion nur zu gut kannte. *„Hallo Kathi", was gibt's?"* *„Mama, kannst du mir helfen? Ich stehe grad' im Bioladen und will Mehl für Waffeln kaufen. Du hast doch so ein tolles Rezept. Kannst du mir mal sagen, wie viel Mehl ich brauche? Und welche Sorte? Und wie viel Milch kommt noch mal in den Teig rein?"* Marion schmunzelte. Rasch schloss sie Saschas Mail und klärte ihre Tochter über das Geheimnis leckerer, knuspriger Waffeln auf.

Kapitel 14

Donnerstag, 23. Dezember. Marion schwitzte. Hier im Supermarkt war die dicke Winterjacke völlig überflüssig. Berge von Obst und Gemüse türmten sich in ihrem Einkaufswagen. Marion lenkte scharf links zur Rolltreppe. Wer war nur auf die blöde Idee gekommen, einen Supermarkt auf zwei Ebenen zu bauen? Dieses Auf- und Abfahren ging ihr auf die Nerven. Wie oft war es ihr schon passiert, dass sie etwas vergessen hatte und den ganzen Weg rauf und runter noch einmal gehen musste?

Lebensmittel einzukaufen war wirklich nicht ihre Lieblingsbeschäftigung. Noch dazu am Tag vor dem Heiligen Abend. Menschenmassen drängelten sich durch die Regalreihen, als würde Ihnen in den nächsten drei Tagen das Verhungern drohen. Schrecklich. Wie gerne hätte sie Michi diese Aufgabe überlassen. Dem konnte man keine größere Freude machen, als ihn in einen überfüllten Lebensmittelmarkt zu schicken. Er traf dort jedes Mal mindestens 20 bis 30 Freunde, Nachbarn und Bekannte. Und wegen all der Pläuschchen zogen sich Michis Einkaufstouren im Supermarkt sehr oft sehr stark in die Länge.

Und er suchte leidenschaftlich nach der Ware, die er einkaufte. Marion musste manchmal schmunzeln, manchmal war sie auch ärgerlich, weil Michi Dinge in den Einkaufswagen packte, die sie für überflüssig hielt: Früchte in Schokolade zum Beispiel, Joghurt mit Lebkuchengeschmack, Granatapfelmarmelade oder rote Kartoffeln.

Michi selbst erklärte seine Leidenschaft für das Einkaufen mit der Tatsache, dass er, kurz nach dem Zweiten Weltkrieg geboren, nicht gerade im Reichtum aufgewachsen war und damals manches entbehren musste. Deshalb sei er heute einfach glücklich, sich leisten zu können, worauf er Lust hat. Jedenfalls bei Speis und Trank auf dem Niveau eines gut verdienenden Normalbürgers: also wie eben Früchte in Schokolade oder Joghurt mit Lebkuchengeschmack.

Heute aber musste er beim Weihnachtseinkauf passen. Die Arbeit in der Redaktion in Nürnberg rief. Also musste ziemlich unwillig Marion hier durch. *„Noch zwei Gläser Champignons in den schon fast überquellenden Einkaufswagen. Nein, noch drei Päckchen Brezeln oben drauf. Dann ist aber endgültig Schluss!"* Sie machte sich wieder auf den Weg ins untere Stockwerk und direkt hin zu den Kassen, wo Dutzende von Weihnachts-Einkäuferinnen und -Einkäufern ungeduldig darauf warteten, einen gehörigen Teil ihres Weihnachtsgelds an den Lebensmittel-Riesen loszuwerden.

Endlich! Frische Luft! Marion atmete tief durch. Die Trageriemen der drei vollen Einkaufstaschen schnitten ihr in die Hände ein. Aber sie genoss den Heimweg. Wenn sie die Füße vorsichtig auf den Boden aufsetzte, machte ihr lädiertes Knie ganz gut mit. Wie spät es wohl war? Manchmal wäre eine Armbanduhr doch ganz praktisch. Marion trug fast nie eine. Wie sie überhaupt mit Schmuck sehr verhalten umging, selbst wenn er praktischen Wert gehabt hätte, wie eben eine Uhr. Was wiederum Michi entgegenkam, der schmuckbehangenen Damen wenig abgewinnen konnte. Und der – halb im Scherz, halb im Ernst – gegenüber Marion stets steif und fest behauptete, dass wirklich schöne Frauen, wie sie eine sei, überhaupt keinen Schmuck bräuchten. Das Glitzerzeug habe nur die Aufgabe, die vorhandenen Unzulänglichkeiten der Damenwelt zu kaschieren. Und solche Unzulänglichkeiten weise Marion eben nicht auf.

Jedenfalls fing es bereits an, dunkel zu werden, als sich Marion fragte, wie spät es wohl sei. Also musste es wohl ungefähr vier oder halb fünf sein. Jetzt nichts wie nach Hause. Die Enkel Annika und Timo waren für heute Abend angemeldet, weil deren Eltern noch die letzten Weihnachtsgeschenke besorgen wollten.

Marion bog in ihre dämmrige Wohnstraße im Rügländer Viertel ein. Ihre Hände wurden langsam eiskalt. Sie stellte die Taschen kurz ab. Auch wenn es nicht mehr weit war, musste sie ihren Fingern eine kurze Pause gönnen. An einer der Garagen in der Nähe sah Marion in diesem Moment eine gebückte Gestalt, die augenscheinlich irgendetwas in den Kofferraum eines Autos lud, eines Kombis. Es waren offenbar lange, schwere Gegenstände und so etwas wie eine Decke. Mehr konnte sie im nachlassenden Tageslicht nicht erkennen. Die Gestalt richtete sich auf, klappte den Kofferraumdeckel zu und verschwand im Zugang zu jener Häuserreihe, in der auch die Königs wohnten. War das der Holger gewesen?

Marion hob vorsichtig ihre Taschen hoch und lief die Straße hinunter bis zu den Garagen. Hier stand tatsächlich Holgers Auto. Marion sah sich um. Konnte jemand sie beobachten? Nein, kein Mensch zu sehen. Sie schielte kurz durch das hintere Fenster des Kombis. Eine Straßenlaterne spiegelte sich im Glas. Marion stellte ihre Taschen ab und beugte sich vor. Ihre Augen schirmte sie mit den Händen ab. Viel war nicht zu erkennen. In dem Kofferraum war eine grün karierte Decke ausgebreitet. Rechts lugten unter der Decke ein paar Zentimeter eines hellen Holzstiels hervor. Links war die Decke nicht ganz akkurat ausgebreitet. Marion hatte erheblich Mühe, in der Dunkelheit etwas Konkretes zu erkennen. Sie kniff die Augen zusammen.

Eine Spatenspitze? Und was war das daneben? Das Blatt einer Säge? Einer Kettensäge? Ein Bild schoss Marion in den Kopf. Das Bild ihres Nachbarn, der nachts im Garten geschaufelt hatte. Marion merkte, wie ihr das Blut in die Beine sackte. Ihr Herz raste. Eine Kettensäge! Damit konnte man ja ..., nein, darüber durfte sie gar nicht nachdenken.

„Kannst du mir erklären, was du hier machst?" Marion fuhr in die Höhe und stieß einen leisen Schrei aus. Hinter ihr war Holger wie aus dem Nichts aufgetaucht. Hoch aufgerichtet und bedrohlich stand er im dämmerigen Abendlicht. War er immer schon so groß gewesen? Eingeschüchtert zog Marion den Kopf

zwischen die Schultern. *„Was ich hier mache?“* Ihre Stimme zitterte. *„Also Michi und ich wollen uns ein neues Auto kaufen, ein größeres, in das auch mal die Enkelkinder passen. Und euer Kombi gefällt uns da ganz gut. Jetzt wollt' ich grad mal schauen, wie viel da in den Kofferraum reinpasst. Ein echt schöner Wagen. Seid ihr zufrieden damit?“*

Marion lächelte. Ihr war aber zum Schreien zumute. Diese abstruse Geschichte konnte er ihr nicht abnehmen. Holger schaute an Marion vorbei auf den Kofferraumdeckel seines Pkw. *„Bestimmt überlegt er jetzt, was ich gesehen haben könnte. Himmel! Ich hab' keine Ahnung, wozu dieser Mensch fähig ist!“* Marions Knie fühlten sich schwach und weich an. *„Warum kommt denn bloß kein Mensch hier vorbei und erlöst mich aus dieser schrecklichen Situation“*, dachte sie flehentlich.

„Das Auto?“ Ausdruckslos sah Holger sie an. *„Ja, ja. Wir sind zufrieden.“* Er machte einen kleinen Schritt auf Marion zu. Ihr Atem stockte. Sein Gesicht kam immer näher. Marion wich einige Zentimeter zurück und krallte sich an einer Zierleiste am Heck des Wagens fest. In diesem Moment leuchteten hinter Holger

Autoscheinwerfer auf. Ein blauer Touran war in die Straße eingebogen und fuhr an Marion und Holger vorbei. Schemenhaft sah Marion, dass auf den Rücksitzen zwei Kinder saßen und winkten: Annika und Timo.

Marion atmete tief durch. Endlich. Die Lebensgeister kehrten langsam zurück und mit ihnen die Neugierde. Jetzt konnte ja nichts mehr passieren. *„Und Holger? Ist die Birgit wieder gut nach Hause gekommen?"* Ein scharfer, unfreundlicher Blick traf sie. *„Nein, sie ist noch unterwegs. Entschuldige bitte, ich muss jetzt losfahren."* Schnell sammelte Marion ihre Taschen ein und lief mit immer noch wackligen Knien ihren Familienmitgliedern entgegen.

Kapitel 15

„Jedes Jahr des gleiche Spiel. Die Weihnachtsausgabe der Zeitung. Stress pur. Gott sei Dank. Edz bin ich endlich fertig. Auch mit den Nerven. Aber edz beginnt Weihnachten". Michi packte am Redaktionsschreibtisch in Nürnberg seine Siebensachen zusammen und schickte sich an, nach dem anstrengenden Arbeitstag den Heimweg anzutreten. *„Fahr' ich über die Autobahn oder die B 14? Wahrscheinlich ist so spät abends auf der Bundesstraße weniger los. Auf der Autobahn tobt sicher schon der Weihnachts-Fernverkehr."*

Er stand auf und nahm die Stepp-Jacke aus dem Kleiderschrank. *„Allmächd, ich wollt ja grad' schnell checken, ob die Polizei noch Neuigkeiten meldet. Des letzte Mal habe ich um vier nachg'schaut. Wer weiß, was da in dieser Zeit..."* Michi warf noch einmal den Rechner an, gab die Internet-Adresse des mittelfränkischen Polizei-Pressedienstes ein und stöhnte auf, als er die erste Überschrift las: *„Leiche in Ansbach gefunden". „Edz muss ich eine der Zeitungsseiten nochmal aufreißen, einen Artikel rausschmeißen und die neue Meldung platzieren. Muss des heut' aa noch sein? So ein Mist."*

Und dann las er: *„Drei Reiterinnen haben heute am frühen Nachmittag in einem Gebüsch im Wald am*

Rand des Hennenbach-Tals zwischen Ansbach und dem Stadtteil Egloffswinden eine weibliche Leiche entdeckt. Der Hund, der die Reiterinnen begleitete, hatte die Frauen mit lautem Gebell und auffälligem Benehmen auf die mit Schnee bedeckte Tote im Gestrüpp aufmerksam gemacht. Die bislang unbekannte Person ist augenscheinlich zwischen 60 und 70 Jahre alt. Bisher steht nicht fest, auf welche Weise sie ums Leben kam. Die Untersuchungen laufen."

„Ja, ja, ich glaub, die Reiterinnen kenn' ich", ging es Michi spontan durch den Kopf. *„Und den Hund auch."* Michi war dem Quartett, bestehend aus drei Frauen hoch zu Ross und einem freilaufenden Vierbeiner, zwei Mal in den vergangenen Tagen begegnet. Einmal hatte er beobachtet wie der Hund auf der Bernadottewiese zwei Rehe gejagt hatte. Beim nächsten Mal jagte der Hund den Michi höchstpersönlich – und zwar auf dem schnurgeraden „Märchenweg" oder auch „Paradiesweg" genannt – im oberen Bereich des Thiergarten-Walds. Als Michi dort joggte, kam ihm plötzlich mit großem Karacho der bullige und nicht gerade kleine Vierbeiner entgegen.

Das Tier lief weit vor den reitenden Frauen her, stürzte auf Michi zu, kläffte ihn heftigst an, richtete sich an ihm auf, indem es sich mit den Pfoten an der Winter-Laufjacke festkrallte, fletschte die Zähne und sah ihm auf zwei Beinen stehend, furchterregend geifernd tief in die Augen. Eine der Reiterinnen rief aus etwa 150 Metern Entfernung: *„Aus, lass aus, Adonis. Aus, aus."* Aber Adonis ließ nicht aus. Erst als Michi ihn anbrüllte: *„Hau ab, du blöder Köter"*, ließ der Hund seine Vorderbeine samt scharfer Krallen am Oberkörper und an den Beinen von Michi herunterrutschen. Auf diese Weise zerriss die Jogginghose und am Schienbein zeigten sich unter den Rissen im Stoff deutliche Kratz- und Blutspuren auf der Haut.

Inzwischen waren die Reiterinnen am Ort des Geschehens eingetroffen. *„Sie können doch ihr'n Hund net einfach frei im Wald laufen lassen, auf hohem Ross hock'n und zuschauen, wie der die Leut' angreift"*, rief Michi und erhielt die Antwort: *„Sie derfm halt net stehenbleiben, wenn der Hund kommt. Einfach weiterlaufen. Ja, weiterlaufen." „Genau. Dann beißt mer der Hundsgrübbel halt in mei' Hintertaal. Wir wissen ja alle, dass bludiche Wunden am Bobbes sehr vill angenehmer sind, als solche am Schienbaa"*, erwiderte Michi sarkastisch. *„Und wer zahlt edz mei neue Jogginghose?" „Wahrscheins war's ja vorher scho kaputt"*, erwiderte eine der Damen schnippisch, schrie mehrmals *„hüüüh, hüüüh"*, feuerte den Hund an: *„Lauf, Adonis, lauf, lauf"* – und so verschwand die Meute im Winterwald des markgräflichen Thiergartens, wie einst wohl die Frau Markgräfin mit Gefolge persönlich.

Das also waren die ersten Gedanken von Michi nach der Lektüre der Polizeimeldung, bevor es ihm plötzlich siedend heiß wurde: *„Weibliche Leiche? Hennenbach-Tal? 60 bis 70? Allmächd. Die Birgit!?"* Michi griff zum Telefon und wählte die Nummer der Einsatzbereitschaft bei der Polizei: *„Hier Müller, Einsatzbereitschaft". „Guten Abend, Herr Müller. Michi Schneider, Nürnberger Nachrichten. Ich hab' grad ihre Meldung über den Leichenfund in Ansbach g'lesn. Gibt's da edz schon weitere Erkenntnisse?" „Nein, vielleicht so gegen 23 Uhr wissen wir mehr. Wir haben schon eine Spur" „Darf ich sie da nochmal anrufen?" „Ja, wenn es ihnen etwas bringt, dann gern, Herr Schneider. Ich bin die ganze Nacht hier".*

„Danke Herr Müller. Sagen sie, sind sie eigentlich der Herr Müller, der vor Jahren mal in der Pressestelle bei der Polizei Ansbach gearbeitet hat?" „Ja, ja, der bin ich. Ich kenn' sie scho aa noch, Herr Schneider". „Scho lang

her, Herr Müller. Des war eine heiße Zeit. Als 97 Schuss Maschinengewehr-Munition aus den Beständen der Ansbacher Polizei einfach spurlos verschwunden sind. Und als wenig später mit genau derselben Art von Munition ein jüdischer Verleger aus Nürnberg und sei Frau von einem Mitglied einer Erlanger Neonazi-Wehrsportgruppe erschossen worden sind. Die Vermutungen sind ja nie verstummt, dass die gewaltbereiten Neonazi aus Erlangen sich des gefährliche Zaich vo der Ansbacher Polizei g'holt hätten."

„Ach, ich mag gar nimmer dran denken", Herr Schneider. „Als junger Polizist war ich damals völlig entsetzt. Und als dann noch unser Ansbacher Inspektionsleiter größte Probleme mit seinen Vorg'setztn in Nürnberg bekommen hat... Erinnern sie sich noch? Unser Inspektionsleiter musste einen inhaltlich höchst mysteriösen Rechtsstreit mit der Dienstspitze ausfechten, über dessen Inhalt nie Genaues bekannt wurde, mit Disziplinarverfahren und Dienstaufsichtsbeschwerden. Da ham fei viele vo uns die Welt nimmer verstanden."

„Ach ja, Herr Müller, mir hat Ihr Inspektionsleiter damals auch g'sagt, dass er über die Geschicht' mit der

Munition und die Zusammenhänge mit den gewalttätigen Neonazis Details kennt, die ihm zum Verhängnis wer'n könnten. Und eines Tages war er ja auch weg von seinem Posten und später sogar völlig aus dem Polizeidienst." „Eine große, große Ungerechtigkeit, Herr Schneider." „Man hätt' als Bürger und Beamter mit demokratischer Gesinnung verzweifeln können. Der Inspektionsleiter, der arme Mensch, ist später an diesem Geschehen, dessen Aufklärung für ihn ein grundsätzliches Anliegen der beruflichen Ethik und eine Frage des Gewissens war, regelrecht verzweifelt und zerbrochen."

„Da hammer doch mal ein fast konspiratives Gespräch miteinander geführt, Herr Müller. Und ham g'meinsam beklagt, dass selbst in den 1970er- und 1980er-Jahren immer noch an manchen Stellen in unserm Land ein scharfer, ich hätt' fast g'sagt strammer Wind von Rechtsaußen geweht hat – bis hinein in die höchsten Kreise der Gesellschaft und des Staatswesens. Ich hab' mir damals als junger Journalist die Finger wundg'schriebm. Aber genutzt hat's gar nix. Wenn man so will, eben ein Sieg der Ungerechtigkeit, der Privilegierten in den Machtpositionen gegen die relativ Machtlosen in der Bürgerschaft".

„Und stell'n sie sich amal vor, Herr Müller. In der Zeit, in der ich über das Mysterium der verschwundenen Munition und die Rolle der Polizei, besser gesagt, einzelner Polizisten in der Affäre recherchiert und g'schriebm hab', haben mich über Monate hinweg wöchentlich mindestens zwei-, dreimal Polizeistreifen angehalten und intensiv kontrolliert, wenn ich vom Dienst aus Nürnberg nach Ansbach gefahren bin. Meistens waren die Polizeiautos oben beim Hotel am Windmühlberg g'standen oder unten beim Einkaufszentrum. Die Polizisten haben mich rausgewunken und alles streng und überaus gründlich untersucht, was an meinen Papieren und an Bestandteilen des Autos zu untersuchen war."

„Zweimal sind ihre Kollegen sogar durch die halbe Stadt hinter mir hergefahren bis zu meinem Reihenhäusla im Rügländer Viertel. Und nach dem Aussteigen aus dem Auto musste ich – gewissermaßen unter den Augen aller Nachbarn – ins Röhrla blasen. Ich sei angeblich in Schlangenlinien gefahren und es bestünde somit erheblicher Alkoholverdacht, ham die Beamten damals g'meint. Jahre später hat mir dann mal einer ihrer Kollegen geflüstert, dass dies reine, von oben angeordnete Schikanen gegen mich waren, um mich einzuschüchtern".

„Achgoddala, des war'n Zeiten, Herr Schneider". „Na, jedenfalls haben's wir beide ziemlich unbeschadet überstanden, Herr Müller. Aber vergessen kann man und darf man sowas nie. Ich ruf' sie später noch amal von daheim, von Ansbach aus an. Gut' Nacht, derweil, Herr Müller". „Ja, ihnen eine gute Heimfahrt, Herr Schneider. Fahren's vorsichtig. Es hat scho a paar Unfäll' gebm heut' Abend in Mittelfranken".

Michi holte sich am Bildschirm eine Seite zurück. *„Welche Meldungen nehm' ich denn edz bloß raus? Den Eckenbrüller links oben? ‚Der Bezirk klagt über Finanznot'. Der klagt schon seit 40 Jahren immer wieder und immer lauter. Also raus damit. Neue Überschrift, neuer Bericht: ‚Hund findet Frauenleiche'. Des wird bestimmt vill besser gelesen, als die langweilige bezirkliche Finanznot."* Unmittelbar vor Redaktionsschluss gab Michi die geänderte Seite für die Technik frei. Dann setzte er sich ins Auto und fuhr heim.

Zu Hause im Reihenhaus wartete schon ungeduldig Marion. Sie hatte Michi so viel zu erzählen. Doch dazu kam sie gar nicht, nachdem Michi kurz vor elf Uhr abends daheim angekommen war. *„Stell' dir vor, im Wald beim Hennenbach-Tal ham's a Leich' g'fundn.*

A Frauenleich'," berichtete er seiner Marion. *„Die Birgit!"*, rief sie sofort aus. *„Der Holger hat sie doch net im Garten vergraben, sondern mit seinem Auto in den Wald g'fahrn. Ich hab' ja auch a Decke und an Hauf'n Werkzeug in sei'm Kofferraum g'sehn." „Bisher wiss'mer nix G'wisses. Aber vielleicht erfahr' ich noch was"*, erklärte Michi mit ruhiger Stimme. *„Ruf sofort bei der Polizei an". „Ja, ich versuch's gleich. Es is eh scho elf ".*

„Herr Müller? Ja. Ach was. Na sowas. In Ordnung. Dann weiß ich edz Bescheid. Vielen Dank und frohe Weihnachten!" Marion platzte fast vor Neugier: *„Was hat der Polizist gesagt?" „Der Polizist hat mir erzählt, dass die Tote aus dem Hennenbach-Tal inzwischen identifiziert worden is. Es war eine 70-Jährige, schwerkranke und verwirrte Patientin aus dem Bezirkskrankenhaus. Die ist vor drei Tagen aus der Klinik abg'haut und hätte dringend ihre lebenswichtigen Medikamente gebraucht, die sie halt net mitg'nommen hatte. Sie is offenbar erst in der Stadt und dann am Stadtrand rumgeirrt und später im Wald eines natürlichen Todes g'storbm, wahrscheinlich sogar an Unterkühlung." „Also hat der Holger die Birgit doch vergraben". „Ach, Marion. Komm, geh'mer schlafen".*

Kapitel 16

„Michi? Michi? Schläfst du scho?"

„Jaaaa. Was is'n los? Marion, edz is doch gleich Mitternacht, morgen is Heilich Abend und der is immer sehr anstrengend. Des wasst du doch. Versuch halt endlich amal zur Ruh' zu kommen und zu schlafen."

„Ich kann net eischlaf'n".

„Dann nimm halt a Baldriantablett'n und meditier' a weng, Marion. Des hilft bestimmt."

„Naa. Mir geht die ganz Zeit was durch'n Kopf. Ich muss dich unbedingt was fragen".

„Was denn?"

„Also meinst du, dass der Holger werkli bloß sei Katz im Garten vergraben hat?"

„O naa, Marion. Edz fängst du scho widder damit an. Ich hab' gedacht, des Thema wär erledigt".

„Edz wart amal. Ich hab' immer noch den Verdacht, dass der Holger lügt. Die Birgit is bis edz nimmer aufgetaucht. Und im Auto vom Holger liegen fürchterliche Mordwerkzeuge. Ich hab's genau geseh'n."

„O.k. Und was willst du mir edz damit genau sag'n, Marion?"

„Sei amal net so ungeduldig mit mir, Michi. Meinst du, du könntest vielleicht edz, wo's stockdunkel is, net doch amal nundergeh'n und im Erdwall gleich hinterm Gartenzaum kurz graben? Ich sag' dir's, da liegt ka Katz'! Aber des müssmer beweisen!"

„Wir? Ich glaub', Marion, edz spinnst endgüldich. Ich hab' mit der Sache nix zu tun und will damit aa nix zu tun hamm. Ich garantier' dir, dass des alles total harmlos is. Ich hab' des Katzentier da drüben aa scho lang nimmer g'sehn. Und außerdem: wie stellst'n du dir des vor? Soll ich mitt'n in der Nacht über'n Gartenzaun klettern und budd'ln? Wir haben net amal ann gscheidn Spaten. Soll ich vielleicht mit unserm Blumen-Schäufala nach der Leich' oder nach sonst was grabm? Und was sag' ich, wenn mich der Holger erwischt? Also Marion, manchmal hast' scho komische Ideen, vor allem nachts, wenn'st net schlafen kannst. Edz versuch's aber mal endlich.

„Scho gut. Ich sag' scho gar nix mehr. Gut' Nacht!"

Kapitel 17

Freitag, 24. Dezember. War das ein Heiligabend! Schon am späten Vormittag hatte Michi Marions demente Mutter aus dem Altenheim geholt. Im Prinzip war dies viel zu früh, weil sich letztendlich niemand so recht um die Greisin kümmern konnte. Jeder hatte noch eine Menge zu tun. So setzte Marion die alte Dame, die von ihren Enkeln und Urenkeln nur „Uri" genannt wurde, auf das Sofa im weihnachtlich geschmückten Wohnzimmer und legte eine Weihnachts-CD auf. Und obwohl die Uri so gut wie nichts mehr wusste von der jüngeren und von der weiter zurückliegenden Vergangenheit, sang sie die Kinderweihnachts-Lieder von der ersten bis zur letzten Strophe innig mit. *„Leise rieselt der Schnee, still und starr ruht der See..."*

Marions und Michis Gefühle schwankten zwischen Rührung und Mitleid. Plötzlich fing die Uri auch an, das Gedicht vom „Büblein auf dem Eis" zu zitieren. Fehlerlos von der ersten bis zur letzten Zeile. *„Des hammer in Töpen in der Schull immer auf'gsagt"*, erklärte sie. Um dann abschließend zu fragen: *„Und wo wohn' ich eigentlich jetzt? Ich hab' doch auch mal einen Mann g'habt? Oder? Aber gegessen hab' ich heut' noch nix!"*

„Doch, Mutti“, klärte Marion auf. *„Du hast, wie immer, im Altenheim gefrühstückt.“ „In welchem Altenheim?“ „Dort lebst du seit mehr als zwei Jahren“. „Des gibt's doch net. Ich war gestern noch daheim in Töpen in meiner Wohnung und hab' beim Metzger eingekauft.“ „Nein, Mutti, in Töpen bist du geboren, aber du hast die letzten 45 Jahre bei Darmstadt gewohnt. Und jetzt bist du im Altenheim in Ansbach“*

„Darmstadt? Ansbach? Ach ja: Auf, Ansbach Dragoner, auf, Ansbach-Bayreuth... Des hammer aa in der Schull g'lernt. Wir mussten ganz, ganz viel auswendig lernen. Und ich hab' mir immer alles so gut g'merkt. Und heit merk ich gar nix mehr. Net amal von 12 bis Mittag“. Ein paar Tränen liefen an Uris Wangen hinunter. Alzheimer zu haben, das ist ein schreckliches Schicksal. – *„Horch! Alle Jahre wieder...“* Die Uri sang erneut aus voller Kehle das Lied mit, das von der CD erklang. Da klingelte die Hausglocke.

Die Bruchsaler Sippe! Tochter Kathi, Schwiegersohn Sascha, die Enkel Anna und Clara waren angekommen. Später wollten sich alle im Weihnachts-Kindergottesdienst mit Tochter Anjas Familie treffen, anschließend gemeinsam Bescherung feiern und dann essen. Marion warf noch einen prüfenden Blick in das Wohnzimmer, stellte ihrer Mutter ein paar Brothäppchen ohne Kruste und ein Glas Apfelschorle hin und deckte dann den Esstisch für den Abend.

Im Geiste ging Marion das Essen durch. Genügend Raclette-Käse war jedenfalls da. Im Keller warteten einige Kilo Kartoffeln. Dann Schinken, Mais, Zwiebeln Champignons und Michis geliebter Dosenspargel. Die Getränke holte gerade Sascha aus dem Keller. Die Geschenke lagen im Hobbykeller bereit. Soweit war alles bestens.

Sascha kam zur Küchentür herein. Im Getränkekorb, den er trug, standen einige Flaschen Mineralwasser, Apfel- und Kirschschorle sowie zuckerfreie Kindercola. *„Achtung Marion! Hier kommen die Getränke!" „Danke Sascha. Stell' sie mal neben den Kühlschrank". „Und? Bist du bei der Geschichte mit deiner Nachbarin weitergekommen? Haben dir meine Informationen etwas genutzt?" „Ach, ich weiß net so recht. Es is alles a weng komisch. Die Birgit is immer noch net daheim. Dabei is doch heut' Heiliger Abend. Des kann doch nur bedeuten, das irgendwas faul is. Und der Holger wird mir immer unheimlicher. In seinem Auto liegen* *komische Werkzeuge. Und er benimmt sich gscheid sonderbar".*

„Aber schau mal, Sascha! Immerhin hat er einen Christbaum aufg'stellt." Marion zeigte aus dem Küchenfenster. Gegenüber waren im Wohnzimmer die Lichter eines Tannenbaums zu erkennen. Sascha sah gedankenverloren nach draußen. Es hatte wieder zu schneien angefangen. Weiße Weihnacht! Einfach traumhaft! *„Ich habe ja auch nicht viel herausgefunden. Jedenfalls erscheint mir das alles nicht besonders wichtig zu sein. Oder, Marion, wie ordnest du die Tatsache ein, dass laut Chronik dieser Pfarrgemeinde, der junge Priester 1968 ganz plötzlich und schnell gehen musste? Naja, wahrscheinlich war er nicht konservativ genug für diese Gemeinde und sie haben ihn rausgeekelt. Oder beim Bischof intrigiert. Du hast ja sicher auch den Artikel gelesen, aus dem hervorgeht, dass sich viele Mitglieder der Pfarrgemeinde über seine verwegene Frisur aufgeregt haben?"*

„Ja, ja, Sascha, ich glaub', des führt alles net so recht weiter. Wenn die Birgit nach den Feiertagen noch immer net daheim ist, geh' ich zur Polizei und melde, was ich g'sehn hab'. Dann hab' ich wenigstens ein

ruhiges Gewissen." „Wer hat ein ruhiges Gewissen? Michi kam zur Tür herein, einen Sack Kartoffeln in der Hand haltend. „Wenn ihr ein ruhiges Gewissen haben wollt, dann macht euch mal langsam fertig. Wir müssen in die Kirch'. Ihr wisst doch, wie schwer man am Heiligen Abend einen Platz bekommt". Michi stellte den Kartoffelsack auf den Küchentisch. Dann gingen alle nach oben, um sich für den Heiligen Abend zurecht zu machen.

Kapitel 18

Marion war sehr stolz: *„Zwei so begabte Enkelkinder"*. Annika hatte im Krippenspiel in der St. Ludwigskirche einen tollen Engel abgegeben und Timo einen wunderbaren Hirten. Der Kaplan erzählte den Kindern gerade die Geschichte von einem kleinen Kätzchen, das Maria und Josef nach Bethlehem gefolgt war. Die Kleinen, Anna und Clara, verhielten sich erstaunlich ruhig. Anna folgte aufmerksam dem erzählerischen Krippenspiel. Clara blätterte in einem kleinen Bilderbuch.

Marions Gedanken schweiften ab. Diese Priester konnten einem schon leidtun. Da gaben sie sich solche Mühe, um für die Familien und Kinder an Weihnachten alles schön zu gestalten. Und wer wartete zu Hause auf sie? Auf den jungen Kaplan dort vorne am Altar beispielsweise? Jedenfalls keine junge, verliebte Frau und keine Kinder. Was entgeht diesem jungen Menschen doch an enger Zuwendung und an Liebe! An Liebe, die er empfangen und solche, die er schenken könnte.

Marion betrachtete in diesem Moment ihre vier Enkelkinder, die sie ja alle im Blickfeld hatte: Und wenn der junge Kaplan heute Abend Glück hat, feiert er –

zwischen mehreren Gottesdiensten, die er sicher heute noch halten muss – zusammen mit einem netten Pfarrer, der sein Dienstvorgesetzter ist, und mit einer treusorgenden Haushälterin: *„Wenigstens bekommt er wahrscheinlich was Gscheids zu essen. Wenigstens das"*. Marion musste ein wenig schmunzeln.

Aber wenn er sich dann mal hier eingelebt hat oder wenn er gar später als Gemeindepfarrer so etwas wie eine Heimat gefunden hat – schwups – konnte er wieder versetzt werden. Ein Kaplan muss ja ohnehin im Allgemeinen grundsätzlich nach zwei Jahren die Stelle wechseln. Auch wenn er noch so beliebt ist und sich noch so wohlfühlt. Und dann landet er wieder ganz wo anders. Immer noch im Alleinsein.

So wie dieser Priester in Birgits Gemeinde in den 1960er-Jahren. Das ist doch kein Leben, das sich jemand wünschen kann. Eigentlich erstaunlich, dass es überhaupt noch junge Männer gibt, die ein Interesse am Priesterberuf haben. Es ist doch kein Wunder, dass alleine in Ansbach in den vergangenen etwa 20 Jahren drei junge katholische Priester geheiratet haben. *„Komische Weihnachsgedanken beim Krippenspiel mit Maria und Josef, mit Engeln und Hirten"*. Marion versuchte sich wieder auf das Geschehen am Altar zu konzentrieren. Es gelang ihr nicht. Ihr Michi hatte im Bubenalter ja auch den Wunsch gehabt, Priester zu werden. Wie wäre wohl ihr Leben verlaufen, wenn der Michi diesen Weg tatsächlich eingeschlagen hätte? Wo wäre sie heute? Was wäre aus ihr geworden? Und ihre Kinder und Enkel, die sie so liebte: Die wären, so wie sie sind, gar nicht auf der Welt.

Jemand klopfte auf Marions rechtes Bein. *„Omi, Omi!“* Clara drückte ihr kleines Köpfchen in Marions Seite. Sie warf ihr Bilderbuch auf den Boden. *„Omi, raus!“*, quengelte sie. *„Na klar, dir ist langweilig“*. Leise stand Marion auf, nahm ihre Handtasche in die eine, Clara an die andere Hand und ging mit ihr hinaus in das Schneetreiben auf dem Karlsplatz.

Kapitel 19

Samstag, 25. Dezember. Marion schreckte hoch. Hatte sie schon geschlafen? Oder nur gedöst? Sie fühlte sich unwohl. *„Vielleicht doch ein Glas Wein zu viel getrunken bei der Feier mit der Familie am Heiligen Abend? Und dann das viele Essen... Ich bin es nicht mehr gewöhnt, mit so vollem Magen ins Bett zu gehen."* Außerdem: War ihr nicht soeben im Halbschlaf etwas durch den Kopf geschossen? Sie dachte nach, versuchte, es zurückzuholen. Ihr Herz klopfte schnell und heftig. Wilde Bilder waren vor ihrem inneren Auge abgelaufen: Holger mit der toten Katze in der Hand. Birgit mit einem riesigen Adventskranz um den Hals und einem geschmückten Christbaum in der Hand. Michi mit Soutane und Stola, Sascha mit 68er-Lockenkopf.

„Mann o Mann. Ich werde noch verrückt." Marion wälzte sich hin und her. Sie war inzwischen hellwach. *„Wo sind eigentlich die blöden Baldriantabletten? O nein, unten in der Küche. Das darf doch nicht wahr sein..."* Vorsichtig und leise setzte sie sich auf, um Michi nur ja nicht zu wecken. Sie lauschte kurz seinem gleichmäßigen Atem. Dann stand sie mit einem tiefen Seufzer auf. Sie griff nach der Fellweste neben ihrem Bett, streifte sie über und schlich behutsam aus dem

Zimmer, die Treppe hinab in die Küche. Das Licht ließ sie aus, in der Hoffnung, die Tabletten im Dunkeln zu finden, um nicht noch den letzten Rest der Müdigkeit zu verscheuchen.

In der Küche war es stockduster. Der Rollladen war vollkommen heruntergelassen, so dass nicht einmal der winzigste Lichtschein der Straßenbeleuchtung durch das Fenster drang. Marion tastete sich an das Küchentischchen heran und ließ ihre Finger über die Oberfläche gleiten. *„Wo ist nur dieses Pillenpäckchen? Ach, da!“* Unter der Fränkischen Landeszeitung vom Vortag wurde sie fündig. Sie holte ein Tablettenblister heraus und tastete es ab. Leer. Das Zweite auch. *„Das gibt's doch nicht!“* Sie ließ sich auf den Küchenstuhl fallen und stützte den Kopf in ihre Hände. Sie fröstelte. Die Küche war im Lauf der vergangenen Nachtstunden so ausgekühlt, dass nicht einmal mehr die Fellweste genügend Wärme spendete.

Ein Tee! Was für eine gute Idee! Und hatte sie nicht noch so eine Baldrian-Hopfen-Melisse-Mischung? Bestimmt. Marion stand auf, knipste das Licht an und öffnete das Tee-Schränkchen. *„Pfefferminz..., Hollunder-Apfel..., grüner Jasmin..., ah! Beruhigungs-*

tee. Perfekt!" Während der Wasserkocher vor sich hinbrummte, ließ Marion ihren Blick durch die Küche schweifen. Ach, das auf dem Tisch war ja gar nicht die Fränkische Landeszeitung gewesen. Sie hatte gestern Abend unvorsichtigerweise die Computer-Ausdrucke der Artikel über Birgit dort hingelegt. Zum Glück hatte der Michi sie nicht gesehen. Er hätte ja doch nur wieder verständnislos den Kopf geschüttelt.

Der Wasserkocher piepste und Marion goss sich den dampfenden Tee auf. Vorsichtig nahm sie die Tasse in die rechte Hand, in der linken hielt sie den Papier-Stapel. Sie ging in das Wohnzimmer, schaltete auch hier das Licht an und setzte sich an den Tisch. Dann trank sie ein paar Schlückchen Tee und blätterte in den Ausdrucken. Noch einmal las sie die Texte und schaute sich die Bilder an. Dann breitete sie alle Artikel nebeneinander auf dem Tisch aus.

Marion staunte über sich selbst. Sie war mitten in einer mysteriösen Lebensgeschichte, vielleicht in einem schlimmen Kriminalfall und freute sich trotzdem über ihre Recherchen. Wieder und wieder musterte sie die Fotos. In den Kriminalromanen, die sie las, oder in den Krimis im Fernsehen entdeckten die Kommissare und Detektive immer etwas auf den Fotos, wenn sie nur lange genug danach suchten. Allerdings war in ihrem Fall nun wirklich nicht viel zu sehen. Und im Prinzip war das alles auch nicht sehr spannend. Immer wieder dieselbe Gruppe junger Leute mit dem ebenfalls noch sehr jungen Priester.

Hier stand der Geistliche mal neben Birgit und da stand er ihr gegenüber. Auf dem dritten Bild war er im Hintergrund zu sehen. Das vierte Foto brachte Marion auch dieses Mal zum Schmunzeln: der Pfarrer mit langen Koteletten und 68er-Frisur. Marion gab auf. Sie packte die Artikel zusammen und faltete sie in der Mitte.

Urplötzlich machte es so etwas wie „klick" bei Marion. Ja, Mensch, das war der Grund, weshalb sie wohl vorhin aus dem Schlaf aufgeschreckt war. Ganz von selbst war der Gedanke zurückgekommen. *„Das ist die Lösung!"* Nur so konnte es sein. Marion dachte nach, setzte die Puzzleteile zusammen – alles fügte sich ineinander. Der heftige Streit, Birgits Verschwinden, Holgers merkwürdiges Verhalten, die *„Geister der Vergangenheit"*, die Düsseldorfer Advents- und Weihnachtsmesse, die Motive auf den alten Fotos, alles machte jetzt einen Sinn.

Marion seufzte tief. Ein Gefühl großer Zufriedenheit erfasste sie und irgendwie fielen Zentnerlasten von ihr ab. Sie gähnte: Mit der Erleichterung kam sogar die Müdigkeit zurück. Sie schaltete die Lichter aus und schlurfte zu ihrem Bett. Nur wenige Augenblicke, nachdem sie ihren Kopf auf das Kissen gebettet hatte, fiel sie in einen tiefen, ruhigen Schlaf.

Kapitel 20

„Na, Marion, gut gschlaf'n?" In Michis Stimme schwang eine Spur Ironie mit, als er sich am Morgen des ersten Weihnachtsfeiertags im Bett nach dem Aufwachen seiner Marion zuwandte. *„Oder hast Du wieder a Leich' ausg'rabm?"* Marion murmelte, noch im Halbschlaf, nur leise: *„Naa, ka Leich'". „Gott sei Dank", sagte Michi erleichtert und stand aus dem Bett auf. „Ich geh edz erst amal in die Küch'n und mach' uns es Frühstück. Ich ruf' dich, wenn's ferdich is".*

Als er in der Küche ankam, fand er auf dem Tisch ein Päckchen zusammengefalteter Computer-Ausdrucke. *„Hmm? Was is'n des?" Neugierig – Journalisten sind dies nun mal von Natur aus – studierte er die Fotos, die Texte, die Fakten und Daten. „Wo hat'n die Marion des Zaich her und was will sie damit?" „Pfarrer Joachim Rother und seine Katholische Junge Gemeinde..." „Aber Hallo, den Namen kenn' ich doch".* Michi zeigte sich irritiert und sah sich die alten Aufnahmen und vor allem den Geistlichen noch einmal genau an. Und noch einmal. Und noch einmal. *„Des is doch der Pater Joachim in jungen Jahren. Ohne jeden Zweifel".*

Michi hatte den Pater vor längerer Zeit beim Paul in Nürnberg kennengelernt. Der Paul, mit dem der

Michi befreundet ist, leitet von Nürnberg aus ein überaus erfolgreiches Hilfsprojekt für eine der ärmsten Gegenden Kenias. Michi unterstützt ihn dabei mit Öffentlichkeitsarbeit. Und Pater Joachim wiederum ist seit Jahrzehnten in dieser Region Afrikas als Missionar tätig. Ein charismatischer Mensch, der lange Zeit auch an der Universität Nairobi „christliche Ethik" lehrte und sich in all den Jahren in hohem Maß um die notleidenden Menschen in dieser Armutszone gekümmert hat. Und auch er ist ein sehr guter Freund Pauls.

Michi ließ das Frühstück Frühstück sein und Kaffee Kaffee. Er eilte – ein wenig aufgelöst – die Reihenhaustreppe zum Schlafzimmer hoch. Marion döste noch. *„Mensch Marion, wo hast'n Du die Archiv-Unterlagen her?" „Allmächd, die hab' ich in der Küch'n lieg'n g'lassen." „Haben die mit dem Verschwinden von der Birgit zu tun?" „Na ja, wenn du's scho ahnst. Ja, des haben sie." „Du, ich bin fei arch irritiert. Ich glaub, ich kenn den Pfarrer auf den alten Fotos aus Huttrop im Ruhrgebiet,"* berichtete Michi. *„Der arbeitet seit langer, langer Zeit als Missionar in Afrika. Und ich hab ihn beim Paul kennen-g'lernt"*

„Ehrlich? Ich werr narrisch. Ich glaub' nämlich, du kannst mir edz des letzte wichtige Mosaiksteinchen liefern, um des Verschwinden vo der Birgit aufzuklären", erwiderte Marion, bei der nun schlagartig jeder letzte Rest von morgendlicher Schläfrigkeit verschwunden war. Und dann erzählte sie ihrem Mann, welche Schlüsse und Erkenntnisse sie aus ihren Nachforschungen und mit Hilfe Saschas, des Internets und der Fotos von früher und heute gewonnen hatte. *„Des kann ich net glauben"*. Michi schüttelte den Kopf: *„Des kann doch net wahr sein. Du reimst dir da wieder was zamm." „Ganz einfach"*, erklärte Marion. *„Ruf den Paul an und frag' ihn nach der Lebensgeschichte vo sei'm Freund, Pater Joachim. Dann wird sich alles aufklären."*

„Hey", erwiderte Michael. *„Es ist Weihnachtsmorgen, noch net amal 9 Uhr." „Dann versuch's halt später. Der Paul wird Verständnis haben, wenn du ihm erzählst, um welches Drama es geht"*, drängte Marion. *„Also gut, ich tu's. Gleich nach dem Frühstück..."*

Kapitel 21

Im Wohnzimmer ging es lebhaft zu. Sieben Erwachsene und vier Kinder saßen eng beieinander um den Tisch und genossen ihr Weihnachts-Abendessen. Die Uroma „Uri“ kratzte zaghaft etwas Butter auf ihr Brot. Enkelin Annika hatte sich eine dicke Schicht Frischkäse auf ihr Brötchen gestrichen, während Timo, ihr Bruder, den letzten Rest seiner überaus geliebten Bio-Delikatess-Leberwurst aus der Hülle schabte. Auf dem Teller von Clara, der Jüngsten im Kreis der Familie, stapelten sich verschiedene Leckerbissen: Trauben, Butterbrot, Wurststücke, Weihnachtsplätzchen. *„Willst du des alles durcheinander essen?“*, fragte Opi Michi. *„Im Magen kommt sowieso alles zusammen“*, meinte vorwitzig Claras Schwester Anna und biss mit Genuss in ein trockenes Laugenbrötchen.

Marion wirkte ein bisschen fahrig und nervös. Kein Wunder, bei so viel Festbesuch im Reihenhaus-Wohnzimmer. Sie fuhr Michi an, als sich dieser eine Scheibe Schinken mit den Fingern von der Wurstplatte angelte. *„Hast du keine Gabel?“ „Ach Marion, edz komm halt amal zur Ruh' – und vor allem: vergiss an diesem Abend endlich mal die Leich', den Mord, den Totschlag und des ganze schlimme Zaich.“*

Tochter Anja zeigte sich höchst irritiert. *„Was is los? Welche Leich'? Welcher Mord? Welcher Totschlag? Welches schlimme Zaich?" „Naja, dei Mutter is unter die Privatdetektive gegangen und hat grad einen äußerst mysteriösen Mordfall aufgeklärt".* Michi warf einen prüfenden Blick auf seine Frau. Sie schien ob der Ironie nicht beleidigt zu sein, also konnte er noch ein bisschen weiter frotzeln. *„Und stellt euch vor, in der vorvorigen Nacht wollt' sie mich doch glatt in den Garten vo die Königs schicken, um dort die Leich' vo der Nachbarin Birgit auszugraben!"*

„O je". Anja stöhnte und lachte gleichzeitig. *„Mama ist des werkli wahr? Und ich hab' dir zu Weihnachten auch noch ann Krimi g'schenkt. Vielleicht solltest du in nächster Zeit lieber a bissla mehr Rosamunde Pilcher lesen. Des is net so aufregend".* Marion stand langsam von ihrem Stuhl auf.

„So, ihr Lieben, edz will ich euch mal was sagen. Ihr alle oder zumindest fast alle, haltet mich wahrscheinlich für komplett gaga. Ich geb' ja zu, die Gschicht' klingt scho ziemlich unglaublich. Aber ich hab' in den vergangenen Tagen a weng nachgeforscht und einiges über die Birgit König herausgefunden, nebenbei

übrigens auch über mich selbst." Am Tisch war es jetzt ganz still. Sogar die Kinder waren aufmerksam. *„Seit heut' weiß ich, was da drüben passiert ist". „Hast du amend selbst heut' Nacht im Garten vo die Königs gegraben?"*, fragte Schwiegersohn Harald. Die Runde lachte schallend.

„Nein, ich hab' net gegraben. Und des, was ich erlebt und entdeckt hab', des is aa werkli net zum Lachen. Hört'mer einfach amal zu. Für alle, die es noch net wissen: Vor einigen Tagen hab' ich durchs Fenster im Gästezimmer einen schlimmen Streit zwischen der Birgit und dem Holger beobachtet. Zum Schluss hat der Holger seiner Frau einen so heftigen Stoß versetzt, dass sie nach hinten g'stürzt und nimmer aufg'standen ist. Und dann hab' ich mitten in der Nacht den Holger beobachtet, wie er im Garten gegraben hat. Ich hatte richtig arch Angst um die Birgit. Die war nämlich seit dem Zeitpunkt regelrecht verschwunden. Besonders verdächtig is es aber wor'n, als die Birgit net zu unser'm Kaffeeklatsch gekommen is. Des is überhaupt net ihr Art. Die Birgit liebt diese Damenkränzla."

„Edz war ich endgültig gscheid beunruhigt", berichtete Marion. *„Und da mich in meiner Sorge net amal*

mei Michi ernst g'nommen hat, hab' ich eben auf eigene Faust recherchiert. Naja, net ganz auf eigene Faust. Der Sascha hat mir g'holfen. Ohne ihn wär' ich wahrscheinlich net auf die Lösung gekommen."

„Feeertig", verkündete Clara und schob ihren Teller zur Seite. *„Ich auch"*, rief Anna, während sie sich das letzte Stückchen Brötchen in den Mund schob. Mama Kathi hob Clara aus dem Kinderstühlchen. *„Wollt ihr vielleicht ein bisschen zusammen spielen? Hier wird es nämlich jetzt ganz spannend und wir würden gerne noch kurz sitzen bleiben". „Spielen, spielen!"* Satt und zufrieden rannten die beiden Mädchen zur Spielzeugkiste neben dem Sofa und waren schon in der Playmobilwelt versunken.

„Also, wo war ich stehengeblieben? Mei erstes Ziel war natürlich der Tatort selbst, auch wenn es mich da gscheid gegruselt hat. Ich habe beim Holger geklingelt, der sich übrigens ziemlich komisch und auffällig benommen hat. Na gut, ich konnt' trotzdem meine Fragen ganz unauffällig anbringen. Des Verschwinden vo der Birgit hat er damit erklärt, dass sie eine großen Advents- und Weihnachtsmesse in Düsseldorf besucht und sich mehrere Tage dort aufhält. Und nachts hatte

er angeblich die verendete Katz' der Familie vergraben". „O nein, die arme Katze", entfuhr es Annika.

„Am nächsten Tag hab' ich die Fotos von der Weihnachts-Ausstellung in Düsseldorf bekommen. Auf einem der Bilder hab' ich geglaubt, die Birgit zu erkennen, in enger Umarmung mit einem viel jüngeren Mann! Des hat für mich überhaupt keinen Sinn g'macht. Schließlich war ich dann bei der Psychologin von der Birgit..." „Du bist zu ihrer Psychologin gegangen?" Michi war sichtlich entsetzt. *„Homöopathische Psychotherapeutin oder so ähnlich. Auf jeden Fall eine sehr nette und kompetente Frau. Aber die hat leider so gut wie nix über die Birgit rausg'lassen. Nur zum Schluss hat sie a ganz hilfreiche Bemerkung g'macht. Sie hat g'meint, dass die Birgit ‚von den Geistern der Vergangenheit verfolgt wird'. Und in diese Vergangenheit konnt' ich dann im Internet a weng eintauchen. Es war net wahnsinnig viel, aber es hat g'reicht, mich auf eine konkrete Spur zu bringen".*

„Gestern hab' ich schließlich nochamal den Holger getroffen, der in sei'm Auto Schaufel und Säge verpackt hat. Des war der Grund, warum ich euren Papa zum Ausbuddeln schicken wollt'. Zu diesem Zeitpunkt

war ich mir sicher, dass mei Michi im Garten vo die Königs die zerstückelte Leiche von der Birgit finden tät. Aber edz will ich euch mal was sag'n: Er hätt' dort tatsächlich nur a Katz' ausgrabm. Wir hatten des Vieh werkli schon lang nimmer gseh'n. Und es ist echt die einzige Leich', die in dem Garten zu finden is."

„Wie sich jedenfalls rausg'stellt hat, is die Birgit nach dem fürchterlichen Streit mit ihrem Mann net so schwer gestürzt, wie ich des befürchtet hatte. Ich hatte jedenfalls nimmer g'sehn, wie sie aufg'standen is. Was aber war der Hintergrund vo dem schrecklichen Streit? Also: Die Birgit war in ihrer Jugend intensiv in der Katholischen Jungen Gemeinde vo ihr'm Heimatort Huttrop aktiv. Habt ihr übrigens g'wusst, dass sie ursprünglich aus dem Ruhrgebiet kommt?"

„Jedenfalls hatte sie als Jugendleiterin dort wohl eine echt nette Truppe beisammen – mit etlichen anderen Jugendlichen und einem fähigen jungen Jugendpfarrer, der bei allen Aktivitäten mit dabei war. 1968 aber hat sich die Gruppe anscheinend aufgelöst. Man findet danach nix mehr an Archivmaterial. Auch net von irgendwelchen Nachfolgern oder so. Und des Wichtigste: Der Pfarrer wurde zur selben Zeit versetzt, aber sicher nicht wegen der Auseinandersetzung um sei selbst für damalige Zeiten verrückte Frisur oder wegen seiner offenbar äußerst fortschrittlichen Einstellung zu Kirche und Glauben."

„Nun ist die Birgit, die Jugendleiterin von anno dazumal, aber tatsächlich dieser Tage zur Advents- und Weihnachtsmesse nach Düsseldorf gfahr'n und hat sich dort mit einem um etwa 20 Jahre jüngeren Mann getroffen. Kapiert ihr es? Dieser Mann war net ihr Liebhaber – sondern ihr Sohn! Und wer is sei Vadder? Der nette Priester natürlich. Damals in den 1960er-Jahren war das ein absoluter Skandal. Kein Wunder, dass der Seelsorger irgendwohin versetzt wurde."

„Doch stellt euch den Zufall vor! Mei Michi hatte den Geistlichen viele Jahre nach den Geschehnissen von Huttrop als Ordensmann und Missionar kenneng'lernt. Und edz hat er ihn auf den Internet-Ausdruck als den früheren Jugendpfarrer vo Huttrop wiedererkannt. Wie's scheint, war der seinerzeit mehr als nur ein guter seelsorgerischer Begleiter vo der Birgit Basedowski, heute König." „Michis guter Bekannter Paul, ihr wisst scho, der Arzt, der vo Nürnberg aus ein Sozialprojekt in Kenia leitet und organisiert, is a sehr enger

Freund von diesem Pater. Er pflegt sogar regelmäßigen Kontakt mit ihm. Und ich hab' meinen Göttergatten heut' früh massiv bedrängt, den Paul – trotz Weihnachtsruhe und Weihnachtsfriedens – anzurufen und ihn nach dem Lebenslauf des Geistlichen zu fragen.

Zu unserer Überraschung hat uns unser sehr lieber und verständnisvoller Nürnberger Bekannter net nur bestätigt, was wir schon aus den Archiv-Unterlagen gefolgert hatten, sondern noch viel mehr berichtet: Die Birgit hatte seinerzeit am Ende der 1960er-Jahre fei werkli einen Sohn vom Pfarrer Joachim Rother bekommen und hatte das Kind auf Druck ihrer Eltern und mit Hilfe vom Bischof gleich nach der Geburt zur Adoption freigegeben."

„Außer diesen Beteiligten hatte damals niemand etwas von alledem gewusst. Und nur das Bistum war darüber informiert, wer seinerzeit die Adoptiveltern des Buben geworden sind. Wenngleich es natürlich wegen der net zu übersehenden Schwangerschaft der kirchlichen Jugendleiterin und der auffällig engen Freundschaft mit dem Priester jede Menge Gerüchte, Klatsch und Tratsch in Huttrop und Umgebung gege-

ben hatte. Der Vater vo dem Kleinen jedenfalls ging – auf Vorschlag seines Bischofs – für einige Zeit in ein Kloster in Deutschland, trat dann in den Orden ein und zog als Missionar nach Kenia, wo er heut' noch lebt und arbeitet. Und die Birgit floh regelrecht aus Huttrop zu einer Tante nach Ansbach."

„Das weggegebene Kind war wohl jahrzehntelang a regelrecht's Trauma für die Birgit. Der Paul wusste auch davon zu berichten. Denn die Birgit hatte in jüngster Zeit nach ihrer Jugendliebe g'forscht, war mit Hilfe des heute für Huttrop zuständigen Bischofs bei ihrer Suche in Afrika erfolgreich g'wesen, hatte den Priester tatsächlich telefonisch erreicht und auf diese Weise erfahren, wo sie ihren unehelichen Sohn finden konnte: In Düsseldorf, wo er in der Chef-Etage einer Ausstellungsgesellschaft beispielsweise große Advents- und Weihnachtsmessen organisiert."

Marion legte eine kurze Pause ein. *„Und warum ist es dann gerade jetzt zu dem handgreiflichen Streit zwischen Birgit und Holger König gekommen?"*, fragte Kathi. *„Weil auch der Holger vo der alten Geschicht' bisher nix wusste. Die Birgit hatte ihm des in jahrzehntelanger Ehe verschwiegen. Sie und ihr geliebter*

Priester hatten sich nämlich des Wort gegeben, als sie sich schmerzvoll trennten, die Einzelheiten vom dem Geschehen und dessen Folgen wie ein Geheimnis zu hüten, des nur in einer extremen Notfall-Situation gelüftet werden dürfe."

„Genau der Moment war wohl am Donnerstag vor einer Woche gekommen. Ohne Zweifel blieb der Birgit ja nix anders übrig, als dem Holger ihr Lebenstrauma zu beichten, nachdem sie ihren Sohn wiedergefunden, mit ihm Kontakt aufgenommen hatte und nun zu ihm reisen wollte. Sie fühlte sich auch vom vereinbarten Schweigen entbunden, weil der Pater Joachim scho sofort nach ihrem Anruf in Afrika seinem Nürnberger Freund Paul die ganze Story bridscherbrad erzählt hatte. Und am Schluss der Lebensbeichte hat die Birgit ihrem Holger dann auch noch mitgeteilt, dass sie in diesem Jahr den Heiligen Abend mit ihrem verlorenen und nun wiedergefundenen Sohn verbringen will. Schließlich hatte sie ja etwa 50 Weihnachten mit ihm nachzuholen."

„Im Prinzip wundert es mich net, dass der Holger völlig ausgeflippt ist. Natürlich hätte er sie niemals körperlich so angehen dürfen. Aber des hat ihm an-

scheinend auch schrecklich leid getan. Den Spaten und die Säge hat er nämlich dazu benutzt, im Wald einen b'sonders schönen Christbaum für sei Frau zu holen. Und die ist inzwischen wieder hier daheim angekommen".

„Heut' früh bin ich mal kurz eine Runde um den Block spazieren gegangen. Wegen mei'm blöden Knie kann ich ja immer noch net joggen. Da hab ich den Holger gesehen, wie er mit einer roten Rose Richtung Bahnhof g'laufen ist. Die arme Blume ist unterwegs bestimmt erfroren. Edz kann man sagen: Bei der ganzen Geschichte gab es glücklicherweise nur zwei Todesopfer: eine Katz' und eine rote Rose. Die Birgit ist jedenfalls so lebendig wie eh und je. So, und edzerla hol' ich die Nachspeis'."

Marion stand auf, um in die Küche zu gehen. Im Wohnzimmer war nur das Kichern der beiden kleinen Mädchen zu hören, von Anna und Clara, die gerade zwei Playmobil-Polizisten von der Sofalehne rutschen ließen, woraufhin die Männlein sich zur großen Freude der Kinder stets heftigst überschlugen. Alle anderen Anwesenden waren in Gedanken noch bei Birgit, Holger und dem verlorenen Sohn.

„Hey, kommt amal schnell in die Küche", rief Marion aufgeregt, *„schnell, schnell!"*. Zehn Sekunden später drängte sich die gesamte Familie um das Küchenfenster. Im Wohnzimmer des Hauses gegenüber, bei den Königs also, leuchteten die Lichter eines Weihnachtsbaums. Davor standen die beiden Königs Arm in Arm. Und neben ihnen ein dunkelhaariger, attraktiver Mann mittleren Alters. Die drei hielten Gläser in den Händen und prosteten sich zu. Marion rollten Tränen der Rührung über die Wangen. *„Na dann, frohe Weihnachten!"*